L E
DOMINICAIN.

LE DOMINICAIN,

O U

LES CRIMES DE L'INTOLÉRANCE,

ET LES EFFETS

DU CÉLIBAT RELIGIEUX.

Tantum Religio potuit suadere malorum ?....

PAR T......e.

TOME TROISIÈME.

A PARIS,

Chez { PIGOREAU, libraire, place Saint-Germain-l'Auxerrois, n° 28. RENARD, libraire, rue Caumartin, n° 750.

AN XI. — 1803.

LE DOMINICAIN.

CHAPITRE XLIV.

Conversation d'Hémandel et de Gloritz.
— Temple de la volupté.

BUCKINGHAM, homme sans honneur, débauché par systême, bouffon par souplesse, avait été, par flatterie, le délateur déhonté du chancelier Clarendon, ministre irréprochable, protestant vertueux, et ami sincère de son roi, auquel il parlait avec franchise de son penchant au libertinage, et de sa passion illégitime pour la fille d'un gentilhomme écossais (50).

La duchesse de Cumberland, femme dangereuse par ses vices et son habileté dans l'intrigue, était parvenue dans le même temps, en se donnant pour auxiliaire le lord Bristol (51), connu par son caractère violent, et ancien ami de Clarendon, à faire proscrire ce protecteur des mœurs et de l'équité. Condamné à un exil perpétuel, il se retira en France, où il consacra les dernières années de sa vie glorieure à l'étude de l'histoire et de la philosophie.

L'Angleterre devait, au bannissement de ce magistrat intègre, l'immoralité que de vils courtisans avaient tenté vainement d'introduire à la cour avant sa disgrâce.

La duchesse de Cléveland, maîtresse favorite du monarque, s'était fait un plaisir de seconder les projets de ceux qui voulaient le détourner des affaires publiques par des fêtes somptueuses où la décence était méconnue, la pudeur outragée, la volupté sans voile, et le plaisir privé des charmes dont la modestie se sert pour attiser le feu des désirs....

On remarquait chaque année une dégénération funeste dans l'esprit public, une sorte d'indifférence sur les objets les plus importans de l'administration, un mépris outrageant pour les bonnes mœurs et pour les devoirs de la vie privée.

Quelques femmes artificieuses, liées d'intérêt avec des prêtres de la communion romaine, avaient achevé de gagner l'esprit du roi et de lui corrompre le cœur, en justifiant l'aversion qu'il avait conçue pour son auguste épouse. Dès ce moment, les Réformés, respectant les vertus de la reine, ne furent pas mieux traités que cette princesse, et le débordement des mœurs renversa toutes les digues qui, jusqu'à cette époque déplorable , s'étaient opposées à ses affreux ravages.

On vit alors un Allemand former un établissement public sous la dénomination de *Temple de la Santé* (52). Georges voulut y conduire Hémandel; mais celui-ci, ne pouvant oublier la scène du Bagnio, où le vin lui avait ôté l'usage de la raison; et celle des trois Laïs, où il avait pris à son insu un breuvage érotique, refusa d'y aller, quoique son ami ne négligeât rien pour piquer sa curiosité et dissiper ses scrupules.

Gloritz s'y rendit seul, y passa une nuit, et fit le lendemain à Pylade le récit suivant :

« Avant de pénétrer dans l'intérieur de ce temple , appelé le *Saint des Saints* , on traverse deux grandes salles et un cabinet. Dans celles-là se trouvent une multitude innombrable

de figures de cire , qui sont des mo-
dèles de la beauté considérée sous les
traits de l'enfance , ornée des agrémens de la jeunesse , embellie des
formes prononcées de l'âge mûr.
Quand on a l'imagination échauffée
par la présence de mille charmes qui
représentent les sexes dans toutes leurs
perfections, les portes du cabinet s'ou-
vrent ; le feu électrique, ménagé avec
art , s'élève en gerbes rayonnantes ;
des lustres de couleurs variées à l'in-
fini répandent des flots de lumière ;
des vases de cristal , placés avec goût,
contiennent les liqueurs les plus délicieuses , et des cassolettes d'un métal
précieux brûlent les parfums que nous
offre l'Arabie : tout concourt, dans
ce charmant boudoir, à éveiller mol-
lement les désirs , à remplir l'ame
d'une douce langueur, à faire désirer
de connaître mieux un temple où le

I *.

culte que l'on y professe est enseigné avec cette éloquence d'action qui persuade sans effort et rouvre sans violence les cœurs fermés aux passions tendres.

» Avant d'être initié aux divins mystères, on achète des conseils imprimés pour les femmes stériles, les hommes impuissans, les libertins épuisés, les novices en amour, et les époux qui ignorent l'art de procréer les sexes à volonté (53). Il est peu de personnes qui ne mettent sur-le-champ en pratique les leçons qu'elles viennent de payer. Cependant, il en coûte cent guinées pour être admis à cet essai piquant dans l'élysée du docteur.

» C'est là où l'on admire l'élégante richesse d'un lit *magnético-électrique*, adossé au cabinet qui renferme un cylindre, conducteur du feu céleste dans le *Saint des Saints*. Ce fluide, qui anime et vivifie la nature, donne de la force aux tempéramens les plus débiles. Des exhalaisons odoriférantes ébranlent délicatement le système nerveux ; des danses de jeunes garçons et de jeunes filles , vêtus d'étoffes si légères qu'elles ressemblent à du vent tissu ; les tons mélodieux de la harpe, les accords de l'orgue harmonieuse , les chants joyeux de musiciens célèbres , provoquent le plaisir et réjouissent les sens au moment où le couple qui réclame les secours de l'art s'élance sur la couche magique , dont les couvertures sont de poils de chameau , teintes en pourpre , les draps de fort belle batiste, les autres litteries de satin bleu , les matelas parfumés des plus précieuses essences , et le ciel tapissé de glaces à facettes, qui ajoutent , par les miracles d'une prodigieuse multiplication, à l'ivresse inconcevable dans laquelle on est plongé au sein de ce sanctuaire de la volupté. »

Ma foi, je pense que la reine, qui passe pour avoir été dans ce temple avec le roi, y eût conçu entre les bras du dernier de ses sujets; mais le mariage produit un tel effet sur nous, qu'il frappe de stérilité ou d'impuissance tout être qui n'apporte pas en naissant les plus heureuses dispositions à la reproduction de l'espèce.

—Tu te trompes, mon cher Oreste, l'hyménée peut bien tempérer la violence des désirs; mais il n'affaiblit dans aucun être l'aptitude au travail de la génération. C'est la débauche qui détruit la fécondité, et les moyens employés pour en réparer les maux n'ont aucune utilité réelle : un regard de l'innocence fait couler le suc de la vie dans les veines du jeune villageois, et toutes les recherches de l'art des prostituées ne sauraient rendre robuste le citadin, vieillard à vingt ans. Laisse-moi la satisfaction de t'estimer; ne me parle plus, Gloritz, des jouissances imparfaites du vice : je t'aime moins quand tu abuses de la perspicacité de ton esprit pour excuser les écarts de tes passions.

CHAPITRE XLV.

L'innocence aux prises avec l'amour. — Dangers d'un tête-à-tête. — Séparation forcée. — Adolphe congédié par le père de son amante.

Au retour d'une promenade faite en famille , milord Gloritz , Georges , Adolphe et Onelly se reposèrent quelque temps dans un salon où ils se réunissaient tous les soirs pour jouer, lire ou converser sans témoins. Le lord se retira bientôt, et son fils le suivit peu après. Hémandel, resté seul avec sa douce amie, profitait de cet heureux instant, lui parlait d'amour avec tant de chaleur qu'elle en était enchantée, et lui faisait des caresses si

vives, si multipliées, mais si décentes,
qu'elle n'avait ni la force de s'en dé-
fendre, ni le droit de s'en offenser.
Ce jeu, aussi innocent que dangereux,
aussi timide à sa naissance que téméraire quand il se prolonge, avait mis
la sensibe lady dans une extase déli-
cieuse qui la livrait avec abandon à
son amant, trop heureux pour être
sage, et trop sage pour redouter son
bonheur.... Un moment plus tard, la
chasteté avait perdu sa ceinture, le
dernier cri de la pudeur était entendu,
et les amans paraissaient criminels aux
yeux des hommes, sans cesser d'être
vertueux aux yeux de la nature...

Le vieux lord entre tout-à-coup,
et trouve sa fille dans un désordre qui
annonce le pouvoir des passions sans
accuser la pureté de son cœur, et
Adolphe, dans un état d'enivrement
qui prouve que la vertu d'Onelly

allait être immolée sans que la raison
du sacrificateur pût détourner son
bras levé sur la victime.... Le sentiment du danger pressant auquel
l'arrivée du lord vient d'arracher la
tremblante lady lui ôte la faculté
d'apprécier sainement la situation res-
pective des jeunes gens; il roule sur
eux des regards irrités, ordonne à
Onelly de monter à sa chambre, et à
Hémandel de sortir sur-le-champ de
sa maison.

Juste ciel! s'écrie l'intéressante
lady, qui tombe aux genoux de son
père sans connaissance, sans mouvement et presque sans vie....

Voilà ton ouvrage; considère-le,
séducteur hypocrite, dit le lord à
l'amant terrifié.

Adolphe approche avec timidité
pour secourir sa maîtresse.

Retire-toi, misérable! je ne me

lierai point à toi par de nouveaux services.... Il dit, fait un effort pour relever sa fille ; mais, entraîné par ce précieux fardeau, il tombe sur une console, se blesse à la tête, son sang jaillit sur Onelly, Pylade recueille ses forces et les soulage tous deux, quoiqu'il ait lui-même besoin de secours... Sur ces entrefaites, Oreste paraît, et ne sait comment expliquer ce qu'il lit d'affligeant sur la figure de son ami et de sinistre sur celle de son père, dont il lave la blessure, et qu'il fait porter sur son lit. Les domestiques destinées au service de sa sœur lui donnent des essences à respirer et la conduisent dans son cabinet.

Adolphe rend à Georges un compte exact de ce qui a donné lieu à la scène fâcheuse dont il a vu le dénouement funeste, l'instruit de sa disgrâce, qu'il déplore avec amertume, et lui fait de tristes adieux. Oreste le retient, donne à sa douleur le temps de s'exhaler, et lui parle en ces termes :

« Je suis le seul coupable : mon absence a tout occasionné. Néanmoins, sans la chûte de mon père, je ne verrais dans cette circonstance que la preuve de ton attachement à Onelly, et la certitude de te voir bientôt de la famille. Tu passeras cette nuit à l'auberge, demain au matin j'obtiendrai ton pardon, et le soir, tu viendras réparer envers mon père par tes excuses, et envers ma sœur par ta présence, la faute commise aujourd'hui par ton amour. »

— Je n'ose espérer que tant de torts soient si promptement oubliés, et ils le seraient que je me souviendrais toujours de cette affreuse journée.

— Moi aussi, et ma sœur aussi ; moi pour t'en consoler ; elle pour t'en aimer davantage. Quant à notre respectable père, il ne saurait haïr l'ami de son fils et l'amant de sa fille.

Après s'être promis de nouveau de de ne laisser jamais affaiblir le sentiment qui formait leur liaison, ils se séparèrent en se donnant des preuves d'une rare sensibilité.

CHAPITRE XLVI.

L'épouse de Géréon retrouve l'amant qu'elle croyait mort. — Il l'éclaire sur la fourberie du moine.

GÉRÉON et son épouse, satisfaits de posséder une assez forte somme d'argent pour établir un commerce honnête, et vivre dans cette heureuse indépendance qui permet à l'homme l'exercice de toutes les vertus, et le préserve, en quelque sorte, des séductions de l'intérêt, père de tous les crimes, prirent la résolution de fixer leur résidence dans la capitale de l'empire français. Ils y élevèrent une boutique de merceries, vécurent dans l'intelligence la plus parfaite, et se firent des amis, parce qu'ils n'avaient besoin de persònne, et qu'ils montraient beaucoup de zèle à rendre service.

Une semblable prospérité ne s'achète point par des crimes : l'homme méchant qui endort ses remords au sein de la félicité, en est tôt ou tard arraché par un plus méchant que lui, ou par la puissance d'un destin contraire qui venge la vertu et justifie la providence.

Sweetly laissait habituellement sa femme à son comptoir, et allait se divertir avec des voisins. Un jour, de grand matin, il se rend avec eux à la fête de Senlis.

Quelques heures après son départ, un jeune homme de fort bonne mine vient acheter divers objets. La marchande est tellement frappée de ses traits, qu'elle jette un cri de surprise et de joie. Il la regarde aussitôt avec attention, la reconnaît pour sa maîtresse et la couvre de baisers....

— Comment! dit Catherine, ce serait vous !... Vous ne seriez pas mort!...

— Non, ma chère; Melton vit toujours pour son amie, et jamais il ne t'adora plus qu'en ce moment fortuné....

— Fatale erreur !... On m'annonça que tu étais tué.... ; et toi, malheureux !... tu n'a rien fait pour détruire ce cruel mensonge....

— Giffard, le perfide Giffard, que tu préféras trop long-temps, me suscita plusieurs querelles avec mes camarades; je me battis différentes fois, et la dernière je blessai mortellement un Irlandais qui portait un nom semblable au mien.... Mon odieux rival aura certainement tiré parti de cette malheureuse circonstance pour faire répandre une nouvelle sans doute funeste à tous deux ; je le vois, chère Catherine, aux larmes qui baignent ton visage....

— Pourquoi ne m'avoir point écrit ?... C'est ton silence qui nous a perdus....

— Dès que le scélérat eut fait de ton amant un meurtrier, il le désigna comme assassin... Je fus poursuivi... je cherchai mon salut dans la fuite..., j'abandonnai la terre natale...., je passai en France...., j'ai servi mon roi avec fidélité..., je sers Louis XIV avec honneur..., je n'avais plus d'espoir d'être jamais à toi...., je t'aimai toujours ; mais je ne voulais point te déchirer l'ame en te faisant connaître mon infortune....

Madame Sweetly s'abandonna à la violence de sa douleur ; le militaire, qui ne l'avait jamais trouvée aussi intéressante, chercha à la consoler par les plus tendres caresses. Elle les souffrit sans les partager, et lui observa qu'elle ne devait plus brûler d'amour pour lui....

— Apprends-moi donc toutes les circonstances qui te séparent à jamais de l'amant le plus sincère et peut-être le plus aimé....

— Doux ami, ah !... mets la main sur mon cœur, connais ta Catherine, plains son sort, ne viens plus la voir; laisse-lui du moins sa vertu, pour la soutenir au milieu de ses peines irréparables....

— Je ne puis te quitter sans que tu me permettes de te fréquenter en qualité de compatriote, d'ancienne connaissance, d'ami... Tu ne saurais me refuser cette grâce....; me laisseras-tu ignorer les événemens qui t'ont fait renoncer à tes habitudes, à ton pays?...

L'épouse du cénobite raconta avec vérité comment elle avait fait sa connaissance, les services qu'elle croyait lui devoir, et l'aversion que son mari avait témoignée tout-à-coup pour la profession de pamphlétaire; elle avait d'ailleurs été contente d'abandonner sa patrie, où d'injurieux soupçons l'exposaient, elle, exempte de tout reproche, à des poursuites flétrissantes.

Son amant l'éclaira sur les moyens exécrables que le moine avait employés pour abuser de sa crédulité. Il insinua que ce fourbe était coupable du vol qui avait donné lieu aux poursuites dirigées contre elle. Catherine commença à douter de l'existence des revenans, et conçut dès ce moment, pour son époux, une haine bien méritée.

Madame Stweetly reçut quelques
visites importunes , et congédia Melton, en l'engageant à revenir le lendemain à une heure plus commode.

CHAPITRE XLVII.

Sollicitude paternelle. — Pardon accordé à milady Gloritz.

MILADY Gloritz passa toute la nuit dans une agitation pénible. Les réflexions les plus amères lui faisaient craindre un avenir insupportable ; elle se croyait déshonorée pour avoir été trouvée sans défense entre les bras d'un homme dont elle était adorée, et qui eût pu flétrir la rose qu'une fille sage ne laisse cueillir qu'après l'auguste cérémonie du mariage. Son cher Adolphe était sans doute dans la douleur de l'avoir exposée au courroux paternel, et dans le désespoir de l'avoir perdue sans retour. Ingénieuse à se tourmenter, la pauvre Onelly eut un repos encore plus affreux que les terreurs créées par son imagination pendant le jour. Des songes effrayans la livrait, tremblante, confuse, coupable, à la malédiction d'un père inflexible, et la rendait présente au départ déchirant d'Hémandel, ignoblement chassé d'une maison qu'il avait toujours vénérée, qu'il aimait encore et dans laquelle il laissait sans consolation, sans espérance, l'objet chéri, tout à-la-fois la cause et l'excuse de sa disgrace flétrissante et de son ardent amour...

La bonne mistriss Farrens, celle des femmes d'Onelly qui avait pris soin de son enfance, qui avait pour elle la tendresse d'une mère, et que sa fidélité, ses services anciens, ses soins constans, sa discrétion modeste, son zèle affectueux faisaient chérir du lord, se rendit secrètement à la chambre de ce vieillard vertueux, dès qu'il y fit jour.

Il n'avait pas clos la paupière ; son œil était enflammé, ses lèvres paraissaient sèches, sa bouche restait entr'-ouverte. Une sorte de consternation succédait à son emportement ; il se plaignait d'un grand mal de tête, ce qui rappela sa chûte à mistriss Farrens, et lui ôta la force de parler en faveur de sa petite amie.

Pourquoi vous êtes vous levée, Farrens ? dit le lord avec inquiétude. Que me voulez-vous ?

Cette femme estimable saisit une de ses mains, et ne pouvant parler, elle la couvrit de ses larmes...

— Ma bonne, vous m'affligez... Voyons, que me demandez-vous ?

Appercevant une larme involontairement échappée des yeux du père

d'Onelly, elle s'écrie : Oh! non,
non, mylord, je ne vous afflige pas...
je vous soulage, je le vois à présent...
excusez ma sensibilité...

— Mais rassurez-vous... qu'y a-t-il?...

— Ma jolie maîtresse est dans un
état qui me déchire l'ame, à moi qui
ne suis pas son père...

— Achevez, achevez... Serait-elle
malade ?...

— Oui, milord, malade, bien malade...

— Je ne puis plus y tenir... Faute
cruelle!... plus cruelle sévérité!... mais
faut-il donc autoriser ce que l'hon-
nêteté défend? Pouvais-je ne pas m'in-
digner, Farrens?...

— Vous l'avez fait, milord... Il
vous sera plus doux de pardonner...

— Qu'elle vienne !... mais attendez
qu'elle ne dorme plus...

— Elle ne dort pas, milord...

— Envoyez -la -moi , mistriss ; mais sur-tout qu'elle ignore ma trop grande bonté...

Farrens revient aussitôt auprès de la jeune personne ; elle lui annonce que son père est disposé à la recevoir. Un frisson subit circule dans tous les membres d'Onelly, elle ne peut se soutenir... Ce n'est pas sans effort qu'elle arrive, à l'aide de sa gouvernante, jusqu'au lit du vieillard. Dès qu'il la regarda, elle eut un accès de fièvre des plus violens ; il détourna les yeux pour donner un libre cours à ses larmes...., et aussi pour ne pas compromettre l'autorité paternelle.... Mistriss Farrens eut soin de sa maîtresse, la fit asseoir et l'encouragea. Onelly s'approcha insensiblement du lord ; il favorisa son intention, par un mouvement naturel.... Elle se jeta dans son sein pour soulager sa douleur....; ils restèrent quelque temps dans cette situation attendrissante.

Mon père! s'écrie Onelly, avec cette voix douce qui va à l'ame; pardonnez-moi, mon père.... Elle veut continuer, mais ses paroles expirent sur ses lèvres.

Le lord la pressa de nouveau contre son cœur, laissa lire dans ses yeux qu'il pardonnait, la baisa sur le front, et ordonna à la bonne Farrens de prendre soin de l'intéressante lady.

Je suis donc encore votre fille, s'écrie Onelly avec une joie timide....

Le vieillard ne répond point, mais il ouvre les bras....; elle se précipite sur sa poitrine découverte....

CHAPITRE XLVIII.

Combat entre le devoir et l'amour. —
L'épouse de Géréon trahit la foi
conjugale.

MADAME SWEETLY eut des distractions fréquentes tout le temps que
lui consacra la société qui était ve-
nue s'informer de sa santé et dissiper
les ennuis que l'on suppose toujours
à une femme honnête dont l'époux
est absent. Elle n'était plus dans cette
situation heureuse qui est le gage de
la vertu, et dont on peut sortir quelquefois sans perdre l'estime du sage,
mais jamais sans commencer d'être à
plaindre....

Dès qu'elle fut seule, la solitude

3

l'effraya, le silence qui régnait autour d'elle accrut ses craintes, elle frisson- na en pensant qu'elle appartenait à un corrupteur capable de tout entre- prendre pour satisfaire ses passions; elle se reprocha d'avoir donné, sous le toit conjugal, un rendez-vous à son amant, sans lequel l'existence lui était désormais odieuse, et avec qui elle ne pouvait plus entretenir de liaisons sans devenir méprisable aux yeux des hommes, criminelle envers Sweetly, condamnable au tribunal de la reli- gion, quoiqu'innocente devant la na- ture, dont les puissans effets renversent les institutions humaines, confondent le stupide orgueil des légistes, et im- priment le cachet de l'erreur sur les ouvrages des Lucrèce, des Des- cartes (54), des Newton (55), des Buffon.... Le combat qui se livrait en elle, entre le devoir et l'amour,

jetait ses idées dans un trouble indi-
cible : le parjure lui promettait un
éternel opprobre et des jouissances
ineffables; sa fidélité dans l'observa-
vation des lois de l'hymen fermait
son sein aux désirs qui en accéléraient
le développement, et lui défendait de
palpiter sous une autre main que celle
de l'objet de sa haine. Dans cette
fluctuation de sentimens divers, elle
s'étendit sur son lit, afin de se procurer par le sommeil un repos qui
n'était ni dans son cœur ni dans
son entendement. Vaine espérance!...
elle s'agita toute la nuit.... Au point
du jour, les roses de son teint parurent
à Melton fanées pour la première
fois.... Elle témoigna du mécontente-
ment de son arrivée : cependant il ne
faisait qu'obéir à son invitation. Plusieurs fois il reçut l'ordre impérieux
de ne reparaître jamais en sa présence;

mais aussitôt, d'une voix suppliante, elle l'engageait à lui pardonner sa mauvaise humeur. De ses mains amoureuses, il pressait alors l'albâtre de son sein, leurs bouches s'unissaient, et leurs ames, confondues, n'avaient plus la force de les arrêter sur les bords de l'abyme.... Après avoir reconnu le danger de toute communication, ils parlaient de choses indifférentes, puis des vices de Géréon, ensuite de leurs malheurs, et malgré eux de leurs amours, dont le souvenir les enchantait et les conduisait dans le sentier de la volupté.... Pendant cette ivresse des sens, ils se juraient un attachement inviolable, comme s'ils ne se fussent pas déjà trop aimés, et comme s'il eût été à leur disposition d'éterniser les momens rapides qu'ils passaient ensemble....

Catherine prépara un déjeûner délicat à son amant ; mais il voulut s'en aller, dans la crainte d'être surpris par l'arrivée du mari. Elle parvint à le rassurer, en lui jurant qu'elle ne l'attendait pas encore. On convint de se faire passer pour parens, en cas de surprise, et de se traiter comme tels à son retour, afin de mieux tromper sa surveillance.

Le repas fut gai ; on y fit honneur... Le vin, qui était d'excellente qualité, raffermit tellement les consciences, que l'on se promit bien de se voir aussi souvent que la prudence le permettrait. Après avoir pris les arrangemens nécessaires au secret de leurs amours, ils allaient se faire de tendres adieux au moment où le maître de la maison revint de la campagne : il n'était pas allé aussi loin qu'il le croyait en partant.... Madame Sweetly demeura immobile de saisissement et de sur-

prise.... Melton se retira si brusque-
ment qu'il pensa renverser le moine,
assez ivre pour ne s'apercevoir, ni de
l'état où se trouvait sa femme, ni de
l'insolence grossière de son rival.

CHAPITRE XLIX.

Hémandel justifié par son ami, qui le reconcilie avec le vieux lord.

GEORGES se fait annoncer à son père, qui s'empresse de l'admettre dans sa chambre pour l'entendre relativement à ce qui s'est passé la veille. Ce fils respectueux avance doucement auprès du malade, qu'il entretient avec les plus grandes précautions, dans la crainte de l'irriter, de nuire à sa sœur ou de retarder la rentrée d'Hémandel. Il ne lui parle que de sa santé, quoiqu'il ait bien des choses à lui dire; mais il veut le préparer, ne rien précipiter, et attendre les questions du vieillard, qui était lui-même

impatient de voir tomber la conversation sur la scène où il s'était emporté
à quelques accès d'une excessive sévérité. Oreste s'en apercevait parfaitement; mais il importait au succès de
sa cause de bien connaître les dispositions du juge avant de prendre la
défense de ses cliens.

— Georges, pourquoi n'avez-vous
pas eu la prudence de rester dans le
salon jusqu'à ce que votre sœur en
sortît ?

— Je ne croyais pas que mon absence fût si longue. Plusieurs fois,
milord, vous avez laissé les jeunes
gens seuls : je pensais....

— Il est vrai que, ne connaissant
point suffisamment Adolphe et connaissant mal Onelly, je vous ai donné l'exemple d'une confiance trop
aveugle.

— La raison avait si souvent triomphé dans leurs tête-à-tête, que, peu attentif aux progrès de l'amour, je n'exerçais sur eux aucune sorte de surveillance, dans la persuasion qu'il leur serait encore possible de différer de payer à la nature le tribut que lui doit tout être sensible.

— Mon fils, pensez-vous donc qu'ils soient excusables?...

— Milord, ils sont du moins bien malheureux....

— J'ai pardonné ce matin à votre sœur.... Il n'y a donc plus de malheureux que le Français qui méditait de la déshonorer....

— Mon père, Onelly sans doute serait morte de douleur si vous ne lui aviez pas rendu votre amitié..... Ses jours se flétriront dans les larmes, si vous n'étendez pas votre indulgence à Pylade, qui eût consommé son déshonneur s'il l'avait voulu; seulement

Tome III. 4

coupable envers elle d'un excès d'amour ; trop bien organisé pour voir avec indifférence une gorge captive faisant effort contre le tissu léger qui l'enveloppe, mais assez vertueux pour laisser à une maîtresse adorée le calme de l'innocence, et se refuser les transports de la volupté.

— Le besoin de l'exemple, les devoirs de la paternité, l'intérêt des mœurs, sans lesquelles il n'y a que dissention dans les familles et désordre dans l'état ; tout m'impose la nécessité de demeurer inexorable....

— Ne serait - il pas dangereux, milord, d'apprendre à une ville dissolue que ma sœur, citée par toutes les mères comme un modèle de vertu, s'est exposée à perdre sa réputation de candeur et de sagesse ? En accusant de séduction un jeune homme, long-temps honoré de votre estime,

dont je suis l'ami, qui a inspiré à
Onelly les sentimens les plus tendres,
et au public un véritable intérêt, n'af-
faiblirait-on pas l'aversion que les
ames honnêtes ont pour le vice?

— Je sens mon cœur soulagé par
tes raisonnemens; mais faut-il tout
accorder au sentiment, et encourager
la témérité d'Adolphe par une indulgence trop facilement accordée?

— Je ne serais pas de cet avis,
milord, s'il ne s'agissait point d'épar-
gner un crime....

— Comment, Georges; que dites-
vous? Parlez....

— Je vous obéis, milord : Hier,
quand vous eûtes défendu à Hémandel l'entrée de votre maison, il avait
la mort dans l'ame, ses yeux égarés
présageaient un désespoir prochain....
Après vous avoir secouru et prodigué
à ma sœur les soins qu'exigeait sa

4.

situation alarmante, je retins Pylade
par le bras ; il se livrait à la plus
sombre douleur.... Ce qui l'affligeait
davantage n'était pas d'avoir perdu
son amante, mais bien votre affec-
tion.... Si je ne l'avais consolé, il eût
terminé sous mes yeux une vie qui
lui est odieuse depuis qu'il vous a
déplu.... Il justifiait ma sœur et s'accusait sans ménagement.... Le croirez-
vous? son innocence sortait des reproches qu'il s'adressait à lui-même...
Je n'ai pu que suspendre les effets de
son désespoir.... A midi, il ne sera
plus, si je n'obtiens sa grâce du plus
tendre des pères....

— Allez, mon fils, empêchez-le de
se suicider....

— Milord, mes efforts seront vains
si vous ne lui permettez point de reparaître devant vous.

— Eh bien, j'y consens ; passez

chez votre sœur, dites-lui que je travaille à oublier la faute d'Adolphe.

Par un récit mensonger, Georges
désarma le courroux d'un père jus-
tement irrité, et rendit à sa sœur
l'objet de son amour, en justifiant les
écarts d'Hémandel.

CHAPITRE L.

Triple intrigue.— Projet de vengeance.

L'ÉPOUSE adultère de Sweetly ne viola pas long - temps les lois de l'hyménée sans que la sérénité dont jouissait son ame avant la rencontre de Melton fît place à des inquiétudes sans cesse renaissantes. Elle tremblait dans les bras de son mari, devenu soupçonneux par son indifférence, et n'éprouvait plus que des plaisirs imparfaits dans la société de son amant. Le premier la soumettait à une continuelle surveillance, et le second exerçait sur elle un empire qui lui eût paru insupportable si Géréon avait continué de la traiter avec douceur, ou si elle n'avait pas eu d'aussi puissans motifs de haine contre lui. Cette infortunée perdait tout-à-la-fois son époux et son amant : le mili‑ taire cessait de l'estimer ; le moine ne l'aimait plus ; l'un cherchait l'oc‑ casion de rompre avec elle, l'autre attendait le moment de s'en venger.

Cet état d'irritation dans laquelle Sweetly était plongé par le mécon‑ tentement si naturel à tout être que l'on prive de caresses auxquelles il se croit des droits exclusifs, lui fit prendre le parti de dissimuler, et for‑ mer la résolution de se procurer une jolie servante, pour livrer sa femme au tourment d'avoir une rivale, pour réveiller son amour par la jalousie, et principalement pour opposer l'in‑ térêt de cette fille à l'intrigue de son épouse, dont la finesse mettait en défaut les moyens employés à la re‑ cherche des preuves de son crime.

Connaissant une jeune personne,
nommée Rosalie, qui avait vécu avec
un de ses amis, le moine la fit entrer
dans ses vues, l'admit à son service
dès qu'elle se présenta, et lui recommanda d'avoir beaucoup de complai-
sance pour sa femme, dont il était
essentiel à ses projets qu'elle devînt
la confidente. Elle se conforma à ses
ordres, plut à madame Sweetly, en
fut bien accueillie, et montra quelque
temps envers elle une prévenance
flatteuse. Rosalie ne tarda point à
s'attacher passionnément Géréon, et
à être initiée dans les plus grands
secrets de sa femme. Elle favorisa
d'abord l'amant ; mais bientôt elle
en devint amoureuse et voulut s'en
faire adorer. Pour y parvenir plus
sûrement, elle fit avec son maître
plusieurs parties à la campagne, afin
de laisser à Melton le loisir de se

dégoûter de sa rivale.... Elle réussit
complètement.... Il se fatigua des
caresses de Catherine, et adressa ses
hommages à Rosalie; celle - ci fut
très-réservée, accorda quelques fa-
veurs et en promit d'autres.... Rien
n'échappa à l'œil scrutateur de madame Sweetly; elle fit à Melton de
sanglans reproches, il jura qu'il était
innocent; elle réprimanda Rosalie,
qui répondit par un sourire accablant... La malheureuse se vit délaissée
par son amant, haïe par son époux,
méprisée par sa domestique, sans qu'il
lui restât la moindre consolation....

Dans un accès de désespoir, elle
écrivit à son infidèle le billet suivant:

« Vous m'avez déshonorée, Melton.... Depuis lors, rien ne m'attache
à la vie...; je suis la plus malheureuse
des femmes, et vous insultez à mon
infortune en me donnant pour rivale

une créature placée sous mes ordres !...
Je n'ai plus d'amant, Melton ; mais
j'aurai un vengeur : mon désespoir
le cherchera par - tout, même dans
l'époux que j'ai trahi.

» La victime de vos passions, etc. »

Melton se fit un mérite auprès de
Rosalie de la remise de ce billet. Elle
le prit, et le donna à Géréon, comme
une preuve irrécusable de son zèle.
Le moine le reçut avec émotion, re-
mercia la fille et la quitta.

Transportée de colère contre sa
maîtresse et d'amour pour son amant,
Rosalie ne cacha plus qu'elle était
sensible à ses assiduités, et combla
ses vœux....

‒‒‒‒‒‒‒‒‒‒‒‒‒‒‒‒‒‒‒‒‒‒‒

CHAPITRE LI.

Célébration d'une fête nuptiale, à la-
quelle assistèrent le jeune Français
et la famille du lord.

HÉMANDEL et Onelly, ayant effacé
de l'esprit du vieillard les impressions
défavorables qu'une amoureuse im-
prudence y avaient faites, vivaient
aussi heureux que dans les premiers
mois de leur liaison ; ils apportaient
dans leur conduite cette réserve qui
entretient la décence, nourrit l'amitié
et ne permet aucun accès à la satiété.
Cependant, au milieu de cette douce
union des cœurs, ils éprouvaient quelquefois des désirs qui troublaient
la paix de leurs ames, donnaient à

Adolphe des besoins dont il n'osait se rendre compte, et à sa jolie maîtresse une sorte de mélancolie qui l'agitait pendant le jour et l'inquiétait durant la nuit. Elle rougissait en réfléchissant à l'oubli d'elle-même dans lequel son père l'avait surprise, et se plaisait à retrouver cette situation dans ses songes. Hémandel craignait de faire goûter à la sensible lady des plaisirs plus délicieux que ceux dont ils jouissaient dans leurs amusemens innocens, quoiqu'il se regardât comme coupable de trahir plus long-temps l'espoir de la nature; mais il ne pouvait sans danger obéir à ses saintes lois avant de donner son nom à celle qui avait son cœur. Dès qu'il voulait en parler à Onelly, une invincible timidité paralysait sa langue, la prévention d'Oreste contre le mariage l'empêchait de lui communiquer sa pensée, et la noble extraction du lord lui présageait une réception fâcheuse. Il ignorait que le vieillard préférât la noblesse des sentimens aux distinctions orgueilleuses que le hasard de la naissance accorde aveuglément à l'enfant le plus heureusement né, à l'homme le plus ignoble, au scélérat le plus atroce.

Sur ces entrefaites, le lord Gloritz, ses enfans et Adolphe sont invités à la noce d'un officier attaché à la marine royale ; il épousait la fille d'un citoyen de mœurs irréprochables, mais dont la condition était obscure et la fortune médiocre. Cette alliance, à laquelle applaudissait le père d'Onelly, faisait espérer à Hémandel qu'il pourrait franchir la barrière élevée, à la honte de la saine raison, entre sa famille et celle de son amante.

Avant le repas, les époux, accompagnés de toute la société, passent dans un beau jardin, où le père du jeune homme, le visage tourné du côté de l'orient, et la main étendue sur un autel de gazon où brûlait le feu pur et léger de l'alcohol (56), prononce le discours suivant :

« Mon fils, et vous, ma fille, le but de l'union que vous venez de contracter est de remplir les fins de la nature en jouissant des plaisirs attachés à l'union des sexes, et d'être utiles à la patrie en lui donnant des héritiers des vertus de vos ancêtres.

» Dans le mariage, la souveraineté est dévolue à l'homme; ainsi le veut la nature, qui lui a donné la force pour qu'il fût le protecteur et non le tyran de sa compagne : telle est la loi de l'équité, qui ne permet d'user d'aucune autorité, à moins qu'elle ne

soit essentielle au bonheur de l'être
sur qui on l'exerce. Sans cette condition, le pouvoir est toujours injuste,
despotique, exécré : tôt ou tard on
l'élude par la ruse, ou on le brise par
la violence.

» L'homme qui ne prendrait une
épouse que pour satisfaire le besoin
physique de la volupté, ne trouverait
en elle ni une mère pour allaiter ses
enfans, et leur apprendre à bégayer
le doux nom de père, ni une amie
tendre dans ses infirmités, constante
dans ses malheurs, complaisante dans
ses caprices, indulgente pour ses dé-
fauts, patiente dans ses écarts, fidèle
dans l'adversité, et plus qu'humaine
lorsque des crimes l'exposant à l'ani-
madversion de ses semblables, elle
représente auprès de lui sur la terre,
la divinité dont la clémence est toujours disposée à nous pardonner nos
iniquités.

» En faisant l'énumération des qualités d'une femme honnête, j'ai tracé les devoirs des épouses; non que je veuille autoriser les déréglemens de l'homme: car toute société dans laquelle il n'y a qu'inquiétudes, que peines, que travaux pour l'une des parties, existe de fait et non de droit.... Mélanie peut s'éloigner sans crime du sentier de l'hymen, si le cruel Lisidore ne lui présente que des épines, après avoir cueilli toutes les roses....

» L'infidélité, qui est une affreuse trahison, pour laquelle les gens de bien punissent de leur mépris la femme adultère, ne cesse pas d'être un crime quand le mari s'en rend coupable.... Laissons à Platon les femmes en commun; abandonnons les courtisanes à des fous qu'une religion insociale condamne au célibat; que les sérails oient ouverts aux oppresseurs des nations : il faut à ces dominateurs superbes des prostituées et des esclaves... ; mais l'homme libre, le citoyen recommandable, l'Anglais digne de sa nation, n'a qu'une femme, qu'un Dieu., qu'une patrie....; il donne son cœur à son épouse, son ame à l'ordonnateur des mondes, et consacre à son pays l'emploi de ses facultés physiques et morales. »

On apporte un fort joli chien, une colombe et des tourterelles.

L'orateur, étendant la main vers le feu de l'alcohol, reprend la parole en ces termes :

« Jeunes époux, que votre flamme soit toujours aussi pure que celle qui brille à vos yeux !

» Vous, mon fils, que la fidélité, dont ce chien est le symbole, ne vous quitte jamais !....

5

» Et vous, ma fille, soyez simple comme la colombe.... Mes enfans, aimez-vous à l'instar de ces tourterelles, afin que la chasteté de vos amours en assure la durée, et vous préserve des pièges que le vice tend continuellement à la vertu. »

Onelly et Adolphe étaient émus jusqu'aux larmes. Le couple fortuné recevait les félicitations de toute l'assemblée. Milord Gloritz s'approchant de sa fille la baisa sur le front, parla à Georges, prit la main d'Hémandel et la mit dans celle de son amante, qui frémissait de plaisir.

On rentra dans l'ordre observé en allant à l'autel champêtre, pour entendre l'exhortation relative à la solemnité conjugale.

La fête fut brillante, la décence y présida, la franchise et la joie l'embellirent. Les danses et les liqueurs échauffèrent Pylade; il pria Oreste de le seconder dans la tentative qu'il voulait faire pour obtenir la main d'Onelly. Le même soir, cette demande, qu'Adolphe hasarda sous les yeux de Georges, fut accueillie par le vieillard, avec une aménité à laquelle il n'osait point s'attendre.

‒‒‒‒‒‒‒‒‒‒‒‒‒‒‒‒‒‒‒‒‒‒‒‒

CHAPITRE LII.

Fureurs jalouses. — Vengeance du moine.

Rosalie engagea Melton à se justifier envers madame Sweetly, pour
qu'elle ne cessât point de le combler
de ses dons. Elle affectait de l'attachement à son maître, dans l'intention
d'effacer, par le sentiment de la jalousie, celui de la haine que Catherine semblait éprouver de temps en
temps pour le jeune homme. Cette
artificieuse créature établissait sa do-
mination à la faveur de la discorde
qu'elle entretenait dans ce ménage
malheureux. Tandis que l'ame des
époux se consumait par le chagrin,

elle se rafraîchissait le sang dans les bras amoureux de Melton.

Les soupçons de Géréon s'étaient convertis en preuves indubitables par la remise du billet où l'adultère faisait elle-même l'aveu de son crime. L'infidélité l'indignait, et le projet annoncé de le tromper au point d'en faire l'instrument d'une passion désespérée, révoltait son amour-propre dont-il maîtrisait à peine l'irascibilité. Ma femme, se disait-il, dirigerait mon bras contre un amant dont l'inconstance l'irrite!... ma femme a prononcé son arrêt. Mais il faut à un époux outragé une vengeance proportionnée à la grandeur de l'offense... Le crime périra par la main du crime...et comme les remords n'ont pas le temps de déchirer les entrailles des scélérats que la punition de leurs forfaits atteint avant qu'ils aient conçu la pensée du repentir, j'accumulerai sur la tête des coupables tous les maux que Dieu répandit sur la terre pour suppléer à sa justice tardive... mais avant de donner un exemple éclatant aux hommes assez lâches pour laisser vivre, dans l'impunité, les objets de leur opprobre, j'examinerai si Rosalie, que j'adore, mérite mon amitié, ou si je la dois confondre dans ma rage. Je ne lui pardonnerais point de se jouer de ma bonne foi, de me prodiguer les vives caresses de l'amour, tout en me traitant avec le mépris dont on accable la jalousie abusée...

Melton ne voulait point que Rosalie eût la moindre familiarité avec son parent (c'est à ce titre supposé qu'il voyait monsieur et madame Sweetly); mais elle ne pouvait plus résister à son maître, dont les désirs ne connais-

saient point de frein. Aigri contre
elle par ses attentions pour Géréon,
et touché de la douleur de Catherine,
il écrivit ces lignes sans avoir con-
sulté l'état de son ame, avant d'obéir
au dépit qui conduisait sa plume.

« Tu n'as pas de rivale, chère cousine ; mon cœur bat toujours pour toi
et ne dit rien pour Rosalie. Cette fille
fait les délices de ton tyran, et tout ce
qu'il touche se flétrit ; j'en excepte
tes charmes, qui survivent à ses atten-
tats. Je confesse cependant qu'elle m'a
séduit par ses lutineries, le jour où
tu nous surpris ensemble ; mais mon
corps seul a succombé, mon ame
était à toi...; je crois même que je
n'aurais pu jouir, si ton image, sans
cesse présente à ma pensée, m'avait
abandonné quand elle me pressait
amoureusement sur son sein. Le coupable qui avoue sa faute est digne de

pardon ; j'attends le mien avec l'empressement de la tendresse alarmée.

« MELTON. »

Le moine saisit cette lettre au moment où sa femme y répondait. Elle pâlit, trembla de tous ses membres, convint que sa conduite était irrégulière, mais prétendit qu'elle trouvait son excuse dans celle qu'il avait tenue pour s'emparer de son esprit crédule... Aussitôt, il la prit par les cheveux et la traîna aux pieds de *Jésus-Christ* crucifié (c'était un tableau du *Poussin*, représentant la passion). Demandez au rédempteur du monde, lui dit-il d'une voix terrible ; demandez si l'ardeur inconsidérée dont un amant honore sa maîtresse, si la ruse par laquelle il cherche à gagner son cœur, sont de nature à autoriser les affreux déréglemens d'une épouse qui brise les liens indissolubles du mariage....

— Ce divin tableau me rappelle, dans cet instant de terreur religieuse, les paroles sublimes du souverain Être dont il nous conserve la ressemblance, les paroles sacrées qu'il proféra quand on vint lui dénoncer la femme adultère : *Que celui d'entre vous qui est sans péché lui jette la première pierre...*

Géréon, confus, dissimulant et concentrant sa fureur, rassura son épouse, après l'avoir fait mettre quelques minutes en prières.

— Je ne veux pas vous lapider, Catherine, je me borne à vous recommander la lecture de Saint-Paul. Malheur aux femmes qui n'apprennent point à connaître leurs devoirs dans les épîtres de ce grand homme ! Anathême à celles qui s'écartent des conseils salutaires qu'il y donne... (57)

— Sweetly, ma résignation est par-

faite, j'obéirai à tous vos comman-
demens...

— Je n'exigerai rien qui ne soit
pour votre plus grand bien; soyez
heureuse par la vertu, et vertueuse par
la religion; telle est la volonté du
ciel...

— Que ne m'accablez - vous de
votre sévérité?... je ne puis soutenir,
Sweetly, le fardeau de votre clémence...

— Vous la connaîtrez mieux, Catherine, quand nous aurons pris les
mesures propres à préserver votre réputation des dangers auxquels l'ex-
posent les agens du crime.

— Veuillez mesurer mon expiation
à la faiblesse de mon sexe, et non à
l'énormité de mes fautes.

— Je serai aussi doux qu'il est
possible dans une affaire de cette
nature; mais il faut réparer le scan-

dale donné au public, et terrifier les méchans...

— Sweetly, vos regards m'effraient... Ah! détournez-les de votre malheureuse épouse...

— Travaillons de concert à rétablir le calme dans nos ames...

— Ah! oui, je vois bien qu'elles en ont besoin... vous n'êtes pas dans votre état naturel...

— Vous avez interverti l'ordre conjugal, et vous vous étonnez que le trouble règne dans un cœur que vous avez ulcéré...

— Expliquez-vous, parlez, ordonnez; il me tarde de tout faire oublier...

— Il y a ici trois coupables à punir... Vous tremblez, Catherine!... Rosalie n'est pas la moins criminelle; elle vous a inoculé le vice... elle a fait de notre demeure un lieu de prostitution... je la condamne à un mois de retraite au pain et à l'eau. Ce soir, quand elle sera dans la cave, je l'y enfermerai...

— Vous serez certainement bien indulgent si vous ne me traitez pas avec plus de rigueur; mais avons-nous le droit de lui infliger cette correction ?...

— La connaissance des peines qu'elle subira vous tiendra lieu de châtiment... Quant à votre question, elle me paraît ridicule; les maîtres étant responsables de leurs domestiques, sont libres d'employer à les rendre bons, tous les moyens que la prudence et la sagesse peuvent suggérer...

— Votre raisonnement éclaire mon esprit et dissipe mes craintes.

— Le corrupteur, c'est Melton, concubinaire, violateur de l'hospitalité, incestueux et adultère... Je vous laisse l'arbitre de son sort...

— Je n'ai pas la cruauté de condamner un jeune homme que j'ai égaré, ou du moins dont je suis la complice.

— Cette délicatesse me plaît; je le bannis à jamais de notre maison... écrivez-lui sous ma dictée.

Catherine prend une plume et trace la condamnation de son amant, sans s'appercevoir qu'elle efface avec ses larmes les caractères imprimés sur le papier. Le moine les lui fait rétablir dans l'ordre suivant :

« Perfide Melton , tu m'as fait connaître les remords... tu as trahi l'amitié, et ton ami te pardonne... Quel tourment pour toi, si tu n'es pas le plus vil des hommes!... Moi, ta complice, je ne puis trop t'abhorrer... Que j'envie la position de mon époux, assez grand pour t'oublier!... Quelle générosité dans sa conduite! qu'elle bassesse dans la tienne!

» Je viens de chasser Rosalie ; elle est allée ensevelir sa honte dans le fond d'une campagne : je souhaite que tu ne la retrouves jamais, ou qu'elle meure empoisonnée de ton haleine pestilentielle. Adieu, Melton.

» C........ »

— Ma femme, reprenez vos esprits; cachez votre émotion à la servante, et disposez-vous à rester dans la boutique pendant que je l'attacherai au chantier.

Dès que madame Sweetly fut en état de paraître en public, son mari envoya Rosalie chercher du vin, la suivit à la cave, lui prit les mains sans affectation, et lui ôta l'usage de ses membres en les garottant avec des cordes très-fortes. Elle ne savait si elle devait rire ou se fâcher, tant le cénobite avait mis de sang - froid dans cette opération; elle se plaignait seulement d'être trop serrée; il répondit avec une joie féroce qu'il lui donnerait le temps de s'y accoutumer. Après le souper, il feignit de vouloir adoucir son sort, demanda sa part et la lui porta; mais il la posa assez loin d'elle pour qu'elle ne pût point y atteindre, et assez près pour qu'elle en sentît l'odeur. Rosalie répandit des larmes amères et jeta des cris perçans; Géréon fut insensible à ses larmes et sourd à ses cris.... Le monstre la condamnait au supplice de Tantale....

Le troisième jour à minuit il relâcha les cordes, et le septième il laissa ses pieds libres. Deux jours après, il coupa toutes les entraves, lui couvrit la figure de son tablier, et arracha

le mouchoir qui cachait sa gorge....
Le moine conçut alors des désirs, il
voulut ranimer la chaleur mourante
de sa victime ; mais il n'embrassait
qu'un cadavre, dont l'ame déposait,
loin des limites de la vie, contre ses
fureurs jalouses....

Le vindicatif Géréon ferma la porte
du tombeau avec précaution, et dit à
son épouse qu'il désirait la réconci-
lier avec Melton, afin de le rendre
témoin du sort réservé à Rosalie,
qu'il voulait pardonner solennelle-
ment. Catherine ne consentit point
au rapprochement ; il n'insista pas
davantage.

Le même soir à onze heures elle
vit entrer avec Melton, qui paraissait
furieux, son mari, qui avait l'air fa-
rouche et le regard sinistre. Le premier était tellement prévenu contre
cette malheureuse, faussement accu-

sée d'avoir exercé de barbares traitemens envers Rosalie, qu'il fallut toute
l'adresse de Géréon pour suspendre
les effets de sa colère.... Allons voir
Rosalie, l'infortunée Rosalie.... Géréon articule ces mots avec un accent
lugubre qui pétrifie le militaire, et
fait perdre connaissance à sa femme.
On garde un morne silence ; on attend
qu'elle puisse descendre : tous trois
pénètrent dans l'asile de la mort....;
on s'approche de Rosalie, que l'on
croit endormie.... Dès que Catherine
et Melton en sont très-près, le moine
enlève le tablier qui la voile.... L'aspect de cette fille inanimée est hor-
rible pour madame Sweetly et Melton;
ils détournent avec effroi les yeux de
ce hideux spectacle.... Géréon les y
arrête une seconde fois, et accroît
leur épouvante par cette sanglante
apostrophe : *Femme jalouse, jouis de*

ton ouvrage.... *Amant outragé , fais ton devoir*.... Aussitôt Catherine, éperdue, tombe dans les bras de Melton ; il la repousse avec violence , se jette sur elle et l'égorge.... Cette déplorable épouse pardonne à son meurtrier, et rend le dernier soupir après avoir prononcé ces mots : *Melton, considère ce monstre , et juge-moi*.... Le jeune homme, attendri, désespéré, transporté par la rage à la vue de sa première maîtresse qu'il venait d'assassiner, et de Rosalie dont il se reprochait la perte, allait laver tant d'outrages faits à l'humanité, aux mœurs, à la nature, dans le sang du moine ; mais celui-ci le prévint d'un coup de pistolet qui l'étendit à ses pieds.

～～～～～～～～～～～～

CHAPITRE LIII.

*Le lord Gloritz promet à Hémandel
la main d'Onelly. — Contretemps
fâcheux. — Adolphe repasse en
France.*

HÉMANDEL doutait encore de son
bonheur, après avoir reçu le consen-
tement de milord Gloritz relativement
à la demande qu'il lui avait faite
de la main d'Onelly. La tendre et
charmante lady avait appris, avec
l'émotion du plaisir, qu'elle serait
bientôt l'épouse d'Adolphe. Georges
prenait beaucoup de part à la joie de
sa sœur et de son ami, quoiqu'il crai-
gnît que les roses de la volupté ne se
fanassent sous les chaînes auxquelles

les amans voulaient se soumettre, et qu'ils ne pourraient jamais briser par un acte de leur volonté, sans s'exposer à des désagrémens qui en font supporter le poids, lors même que la fatigue de l'uniformité le rend accablant. Le vieillard ne surveillait plus autant les amours du couple heureux; s'il n'avait pas regardé la réserve d'une jeune personne avant la bénédiction nuptiale comme nécessaire pour mériter l'estime de l'objet de sa tendresse, il eût désiré que Pylade et sa bien-aimée préférassent les lois éternelles de la nature aux préceptes arbitraires de la société, tant il était impatient de voir sa postérité s'accroître, tant il jouissait à la seule idée que sa fille était sur le point de lui donner un gendre qui réunissait aux grâces du corps les agrémens de l'esprit; à une sensibilité très-expansive, des vertus modestes, des biens immenses, et à qui il ne manquait que d'illustres aïeux pour faire rechercher son alliance par les premières familles de l'Angleterre.

On faisait tous les préparatifs que l'usage a rendus indispensables à la célébration du mariage, lorsqu'une maladie funeste de l'aïeul maternel d'Hémandel lui fut annoncée par une lettre qui jeta la consternation dans toutes les ames. Adolphe était invité à se rendre dans une campagne de la Provence, pour soulager la douleur de son parent, qui l'aimait beaucoup et désirait l'embrasser sur le bord de sa tombe. Georges ne pensait pas que la joie des vivans dût être troublée par les caprices de ceux qui descendent dans les abymes du néant. Onelly pleurait ; le vieillard était dans l'attente du parti que l'on prendrait.

Mon aïeul est sans enfans, dit Hémandel; qui adoucira pour lui l'amertume du trépas?....

Hé bien! répliqua Georges, s'il est
aussi mal qu'on le dit, tu ne saurais
arriver assez tôt pour assister à ses
derniers momens. Si sa santé s'amé-
liore, tu peux attendre que tu sois
marié: nous quitterons alors ce pays,
devenu odieux à mon père, depuis que
le monarque favorise ouvertement les
prétentions et les vengeances du clergé
romain.

— Si mon parent est en danger de
perdre la vie, je ne dois pas différer
à me rendre auprès de sa personne....
Si sa santé se rétablit, ne faut-il pas
que je montre une obéissance respec-
tueuse à l'invitation reçue?

— Observez, Pylade, qu'il n'est pas
votre père, que milord consent à le
devenir, et que nous devons plus à

l'objet chéri qui s'associe à nos destinées, qu'à un aïeul qui va mourir...

— Son invariable attachement ne
m'impose-t-il pas les devoirs du plus
tendre des fils ? Je ne saurais exprimer,
Georges, la vénération que m'inspire
milord.... Quant à votre aimable sœur,
je ne crains pas de lui déplaire par
des vertus....

La pénible fermeté d'Adolphe et les
alarmes d'Onelly rendirent cette scène
fort touchante. Le vieillard était ravi
d'admiration; il embrassait sa fille
pour la consoler, et faisait couler de
délicieuses larmes des yeux d'Hémandel, en le nommant son fils. Oreste
avait de la peine à résister au sentiment que l'amour fraternel et la sainte
amitié faisaient éprouver à son ame
attendrie. Un religieux silence succéda
à tant d'émotions.... Le lord Gloritz
le rompit en ces termes : « J'approuve

votre résolution, Adolphe : vous par-
tirez.... Vous me paraissez agité....;
rassurez-vous, vous serez aussi heureux que votre cœur le désire... Nous
irons vous rejoindre en France....
Qui respecterait mes cheveux blancs,
dans un pays où la loi est sans force,
le roi sans frein, les magistrats sans
équité , l'innocent sans appui , et
Sidney sans vengeurs ?... »

—Milord, j'embrasse vos genoux....
Veuillez permettre à Georges de faire
le voyage avec moi....

—Hémandel, je suis fâché de vous
refuser cette demande, mais je ne puis
vous l'accorder....

—Je vais donc quitter à-la-fois
tout ce qui m'est cher....

—Adolphe, voudriez-vous qu'Onelly ne trouvât plus de sûreté que dans
la faiblesse d'un vieillard ?

Pylade, la bouche entr'ouverte, les

yeux fixés sur sa maîtresse, écoutait et ne pouvait plus répondre; l'intéressante lady le regardait et tremblait. Georges se couvrait le visage de ses mains; il avait envoyé au bureau des bateaux pêcheurs, afin d'être instruit du premier départ pour le port de France où son ami devait débarquer. On lui apporta promptement une réponse pressante; il fallut se quitter. Les amans s'embrassèrent tendrement; on se livra à toute l'expression de l'amour, de l'estime, du respect, de l'amitié.... Hémandel fit ses adieux, et ne put se décider à partir qu'avec l'assurance réitérée qu'on allait se disposer à le suivre, pour ne plus former qu'une famille inséparable.

———

7

CHAPITRE LIV.

*Géréon visite les victimes de sa rage.
— Les remords l'assiègent de toutes
parts. — Il médite un nouveau
crime.*

APRÈS avoir retiré de sa cave tout
ce qu'il pourrait vendre, Géréon mit
un pistolet dans une des mains de
Melton, et dans l'autre la lettre qu'il
avait fait écrire, par sa femme, à ce
militaire, pour lui reprocher son immoralité. Ensuite, il ferma soigneu-
sement la porte et y mit cette épi-
taphe :

« Ci gisent la fornication, l'adultère, l'inceste, l'assassinat et la vengeance.... Mortel, qui que tu sois,

n'entre point dans cet affreux sépulcre sans frémir.... »

Le jour suivant, le moine déserta une maison dans laquelle il ne pouvait plus rester sans avoir l'imagination remplie d'idées sinistres, et sans rencontrer, dans la ténébreuse horreur des nuits, les ombres errantes de ses victimes.... Ses remords lui rappelaient sans cesse le souvenir cruel et doux des jours paisiblement écoulés dans les premiers mois de son établissement; sa conscience lui reprochait des forfaits inutiles, la solitude lui faisait regretter son épouse, et son amour survivait à sa vengeance, sans doute pour appaiser les mânes de Rosalie.... Dans un accès de cette fièvre brûlante qui agite violemment les scélérats, il descend dans le tombeau où il a exercé sa fureur, et vomit d'effroyables imprécations contre Melton,

qu'il accuse d'avoir changé en cyprès
l'olivier de la félicité dont il jouissait
dans son ménage, avant que ce militaire eût corrompu sa compagne....
Il la baigne de ses larmes, se tord les
bras, se meurtrit la poitrine, s'arrache
les cheveux, contemple le corps glacé
de Rosalie, recule épouvanté, revient
à cet objet d'amour et d'horreur....
L'attitude de cette infortunée, sa
pâleur, le désordre de ses vête-
mens, tout lui rappelle Onelly éga-
rée, éperdue, défaillante, le jour
qui éclaira le meurtre du père An-
dré et de milady Gloritz.... Des
spectres l'environnent de toutes parts,
il cherche à fuir et ne peut faire
un pas....; il s'abandonne à sa douleur.... L'image d'Onelly revit dans
sa mémoire, son sang circule avec
rapidité, l'espérance renaît dans son
ame, une passion mal éteinte ranime

son courage....; il sort du séjour des morts, et déja l'avenir n'est plus pour lui un sujet d'effroi.

———

CHAPITRE LV.

*Mort de l'aïeul maternel d'Hémandel.
— Il fait la connaissance de M. Zori,
ecclésiastique respectable et ami du
défunt. — Beauté et sagesse de mademoiselle Bertin, parente de M. Zori.*

HÉMANDEL arrive à peine chez son
aïeul, qu'il aime beaucoup et dont
il est chéri, que le malade se trouve
infiniment mieux. En moins de trois
jours il se croit capable de faire une
confession générale dont il attend le
plus grand soulagement et qui produit un effet absolument contraire.
Un missionnaire fort renommé, qui
parcourait alors les villages de la
Provence, fut appelé auprès du

malade; il lui parla avec tant d'éloquence, du petit nombre des élus (58),
et lui fit une peinture si effrayante de
l'enfer, que le pénitent, déja affaibli
par une fièvre opiniâtre, désespéra de
son salut et rendit les derniers soupirs,
après avoir passé vingt-quatre heures
dans de violens transports et d'hor-
ribles convulsions.

Le curé du village l'avait beaucoup
fréquenté, il s'attacha avec plaisir à
son héritier. C'était un de ces ecclésiastiques estimables qui montrent du
zèle dans l'exercice de leur ministère,
sans cesser d'être dans la société les
amis de la tolérance et du plaisir. Il
avait refusé, depuis plusieurs années,
de confesser le parent d'Adolphe, dans
la crainte que la familiarité qui régnait
entre eux ne l'empêchât de bien remplir les obligations de son état. Sa
franchise et ses vertus lui méritèrent

la confiance du jeune homme, qui le pria de régler les funérailles.

La douceur de M. Zori (ainsi se nommait ce digne ministre des autels) (59) sut consoler Pylade de la mort de son aïeul, et lui faire attendre patiemment l'arrivée de la famille que son cœur avait choisie.

— Quels momens délicieux ne passerez-vous pas dans cette maison charmante, quand vous serez l'époux d'une amie que vous chérissez avec la plus vive ardeur ! Vous êtes dans l'âge de la force et du bonheur ; vous possédez de grands biens, le frère de votre amante a pour vous les sentimens les plus affectueux, son père s'est déja plu à vous donner le doux nom de fils ; vous pouvez déployer à leur arrivée toute la pompe que l'opulence doit employer en l'honneur des vertus éminentes et du mérite, soutenu des prérogatives attachées aux personnes d'une naissance distinguée : c'est dans un palais champêtre, baigné par le Rhône, entouré de jolis paysages et embelli de toutes les merveilles que l'art a créées au milieu des beautés simples de la nature, que vous rece-vrez les objets qui vous sont les plus chers, et dont l'existence semble faite pour être en quelque sorte confondue avec la vôtre....

Adolphe l'écoutait avec intérêt, et ne pouvait s'empêcher de regarder de temps en temps mademoiselle Bertin, dont les dix-sept ans, les yeux célestes, la jolie bouche, le rire enchanteur et la taille svelte lui auraient donné une ressemblance frappante avec Onelly, si elle n'avait pas eu le teint vermeil et les cheveux bruns.

—Vous me dites les choses les plus gracieuses, M. Zori ; je vous en remercie. Permettez-moi de vous donner une idée de ma jolie maîtresse, en vous observant que je n'ai encore vu personne qui eût avec elle autant de conformité dans les traits, que made-moiselle.

La jeune personne rougit, et n'osa plus détacher ses regards du surplis qu'elle tenait à la main, et qu'elle raccommodait avec une grâce admirable.

—Monsieur, ma cousine est confuse du compliment flatteur que vous daignez lui faire ; elle n'entend louer ici que les qualités du cœur et les vertus de son sexe.

— En ce cas, je déplorerais l'aveuglement des personnes qui ont le plaisir de la voir, si cette réserve n'était l'ouvrage de la prudence et de la sagesse.

—Les jeunes personnes n'apprennent

que trop tôt combien la beauté leur
assure de titres aux hommages de la
société ; aussi mettent-elles plus d'im-
portance à faire valoir les agrémens
de leur figure, qu'à étendre leurs facultés morales. Si on leur pardonne
cette folie, qui les porte à préférer
l'agréable, dont l'éclat ne brille qu'un
jour, à l'utile, qui les ferait rechercher dans toutes les saisons de la vie,
c'est qu'on les séduit plus facilement
par des cajoleries, qu'on ne leur plaît
en estimant ce qui mérite de l'être,
et que les libertins, éprouvant des désirs et non des passions, seraient déses-
pérés de renoncer à des jouissances
éphémères qui satisfont l'amour-
propre, pour contracter des enga-
gemens durables qui releveraient à
leurs propres yeux les malheureuses
que la corruption assujettit toujours

8.

à leurs caprices, et plonge souvent dans le gouffre de la misère.

— J'avoue que l'on doit la dépravation des mœurs à la galanterie, qui crée les coquettes et ridiculise la vertu; mais on peut également dire avec sincérité, à mademoiselle, tout ce que la politesse inspire aux hommes admis dans les cercles composés de femmes aimables.

L'ecclésiastique fit rouler la conversation sur des sujets sérieux. Ils se séparèrent après avoir long-temps parlé de religion, sans se convaincre, sans s'irriter, et avec le désir de s'entretenir dans peu de jours du célibat des prêtres, exigé par l'église romaine.

CHAPITRE LVI.

Motifs qui déterminent le vieux lord à vendre une partie considérable de ses propriétés. — Amusemens d'Onelly pendant l'absence de son amant. — Occupation de Georges.

MILORD Gloritz ne pouvait assez admirer les vertus d'Hémandel ; il était fâché de s'être emporté avec tant de chaleur contre lui dans le salon où les amans avaient été surpris à se caresser, et craignait qu'un Français aussi aimable ne trouvât dans sa patrie mille femmes charmantes, fort riches et même de noble extraction, toutes empressées à mériter son hommage. Cette idée le tourmentait , et lui faisait mettre une grande activité dans la vente d'une partie de ses propriétés et dans les arrangemens qu'il avait à prendre, afin de pouvoir irrévocablement renoncer à un pays despotiquement gouverné par un roi sans caractère, sans mœurs, sans dignité , qui se laissait amollir par ses favorites, dominer par des prêtres, et qui dissipait des sommes immenses pour caresser les caprices extravagans des premières, et assouvir les passions sanguinaires des seconds....

Ce vieux patriote ménageait à son fils des moyens de revenir en Angleterre, et d'y jouir de la considération attachée aux grands propriétaires.

L'hiver de l'âge glaçait les espérances qu'il aurait pu concevoir pour lui-même ; mais l'amour de la patrie adoucissait ses chagrins, et lui faisait croire que Georges se proclamerait un jour, avec orgueil, *citoyen de Londres.*

Les vices des grands, la perfidie du monarque, la férocité de ses conseillers, l'immoralité de la noblesse, la bizarrerie de la chambre des communes, assez magnanime pour arracher le sceptre de la main du crime, puis assez vile pour élever la tyrannique usurpation sur les débris du trône; la liberté promise par la constitution de l'état, mais étouffée au nom d'un gouvernement oppresseur; la nation affranchie par les lois et enchaînée par la corruption ministérielle : tels étaient les motifs puissans qui déterminaient le lord à fuir Charles II pour terminer son honorable carrière sous Louis XIV, à qui on n'avait point encore à reprocher la révocation impolitique et barbare de l'*édit de Nantes.*

Les vertus et l'esprit de tolérance du peuple anglais, sa philosophie et ses actions héroïques, son respect pour les propriétés, et son industrie toujours encouragée; les talens soutenus par une noble émulation, et les profondeurs de la politique sondées par tous les citoyens; le doute établi en systême dans les matières religieuses, et l'amour de la liberté brisant quelquefois les fers dont le despotisme l'accable : voilà les rayons du soleil civique qui portait dans l'ame du vieillard une douce chaleur, dissipait les nuages de l'avenir, et lui présageait des jours de prospérité pour son pays, et de gloire pour ses descendans.

La jeune ladi s'affligeait quand elle pensait à l'absence de son cher Adolphe, et elle y pensait toujours; mais la joie renaissait dans son cœur quand elle réfléchissait aux délicieux momens que lui promettait la céré- monie sacrée qui devait la réunir pour jamais à l'autre moitié d'elle- même. Elle se promenait sans cesse dans toutes les sinuosités du jardin qu'ils avaient parcourues ensemble ; elle s'asseyait avec émotion où ils s'étaient assis avec embarras ; elle visitait avec curiosité l'écorce des arbustes sur laquelle il avait gravé des caractères ; elle buvait avec avi- dité de l'eau du bassin d'où Hémandel avait retiré son petit oiseau : ce char- mant bipède lui paraissait plus joli depuis qu'il devait la vie à son amant ; elle le caressait toujours quand elle était seule , et cherchait incessam- ment la solitude. Au milieu de la cha- leur du jour , une sorte de langueur et d'abattement la surprenait dès qu'il la becquetait dans sa chambre ;

elle se couchait alors sur son lit.... Le volatile, téméraire tandis qu'elle sommeillait, introduisait son joli bec à travers ses lèvres vermeilles pour se désaltérer. L'imagination vive d'Onelly se rappelait la scène des baisers....; elle pressait Adolphe dans ses bras amoureux....; elle répondait avec feu à toutes ses caresses....; elle était voluptueuse sans danger, heureuse sans crainte, et quand l'extase du plaisir dissipait son erreur, elle regrettait le règne des illusions, reposait nonchalamment la tête sur son oreiller, et invoquait de nouveau le secours du sommeil contre les poursuites d'une triste réalité.

Georges accompagnait sa sœur toutes les fois qu'elle sortait. Depuis le départ d'Adolphe, il lui lisait souvent les Œuvres de Dryden et de Way, dramatistes célèbres, afin de

l'intéresser à des personnages dont les
vices et les vertus, les malheurs et les
prospérités, pussent tromper son en-
nui, et lui faire supporter plus patiem-
l'absence de son bien-aimé. Pour lui,
il étudiait la nature dans Newton, les
hommes dans Brunet et Clarendon,
leurs droits et le mode de les gouver-
ner dans Hobbes, Sidney et Loke;
les sciences dans Bukler, les vertus
dans la conduite de son père, les
femmes dans ses parties épicuriennes;
l'amour dans les tourmens d'Onelly
et la correspondance d'Hémandél.

CHAPITRE LVII.

Moyen employé par le moine pour s'as-
surer les avantages de l'impunité.

L E génie de Colbert sut affaiblir
dans les protestans (60) cet esprit de
controverse qui en faisait des religion-
naires inquiets, et donnait lieu aux
accusations de leurs ennemis. Pour
atteindre son but louable et utiliser
des citoyens dont on tramait la perte,
ce grand homme les employa dans les
arts, dans les manufactures, dans la
marine. Il trouva dans leur activité
les germes de l'industrie, et dans leur
enthousiasme le mobile des grandes
choses. C'est avec eux qu'il parvint
à rétablir les finances, diminuer les

impôts, encourager l'agriculture, pro-
téger les sciences, ouvrir de nouveaux
canaux (61) au commerce, et créer
une puissance navale.

Mais Louis XIV, distrait par ses
maîtresses, circonvenu par les Jésuites, séduit par la cour de Rome,
trompé par son clergé, commençait
à concevoir de funestes préventions
contre des sujets précieux à l'état,
dont il blâmait la doctrine sans en
connaître le fond. Il défendit de les
recevoir dans les fermes (62); on les
fit exclure des communautés des arts
et métiers; on récompensait en eux
l'apostasie. Des enfans de sept ans re-
nonçaient à leur religion par surprise,
et l'abjuraient par séduction. Les ins-
tituteurs calvinistes ne pouvaient plus
recevoir de pensionnaires.... On défendait toute violence contre les réformés, et le jour même où l'autorité

civile ordonnait de les respecter dans l'exercice paisible de leur culte, les prêtres romains, méprisant les arrêts du conseil d'état, appelaient la vengeance sur leurs têtes.... Un grand nombre de familles sortirent de France, et le gouvernement, effrayé des suites que l'émigration des protestans pouvait avoir dans un temps où l'on voulait faire fleurir le commerce et entretenir une marine formidable, décerna la peine des galères contre les artisans et les gens de mer qui tenteraient de déserter leur patrie.

On se vit forcé de suspendre un moment l'ardeur des troupes cantonnées dans le Languedoc, les Cévennes, le Vivarais et le Dauphiné. Par-tout elles avaient répandu la terreur par des blasphêmes, le pillage et beaucoup d'autres excès, peu propres à prouver l'excellence d'une religion

qui adopte de semblables moyens
pour étendre son empire.

Des dévotes, connues dans l'histoire sous le nom de *Dames de miséricorde*, furent envoyées dans les lieux
où les dragons avaient porté la déso-
lation (63); elles étaient chargées de
secourir les familles des malheureux
que les menaces et les mauvais traitemens ne pouvaient ébranler, que le
brigandage des soldats exposait aux
horreurs de la misère, et que la nécessité contraignait à se soumettre au
culte des images, afin de recevoir de
ces femmes, pieusement hypocrites,
un pain arrosé des larmes du repentir.

On se servit d'une troisième espèce
de *convertisseurs*, bien plus habile et
beaucoup plus criminelle que les deux
autres; c'était des missionnaires destinés à employer la chaleur des discussions, le langage paternel des conseils,

le ton imposant des conférences, pour
gagner à la communion romaine les
réformés que n'avait point effrayés
le tranchant du glaive, et dont la vertu
était sortie triomphante des attaques
de la séduction.

Michel Letellier, déja fameux par
la haine qu'il vouait au contrôleur-
général des finances, et par la pro-
scription des protestans du Poitou, de
la Saintonge et des provinces voisines,
ne pouvant pardonner à ces infortunés la protection que leur accordait
l'illustre Colbert, s'était fait un devoir d'encourager les moines qui se
consacraient à ce ministère de fourberie, d'espionnage, de délation.

Géréon, voulant se soustraire au fer
vengeur de la justice, et sachant bien
que, sous la tyrannie, le meilleur
moyen d'obtenir le pardon de crimes
privés est d'en commettre qui soient

agréables au despote, se présenta au
chancelier (64) , en *croisé* prêt à
tout entreprendre pour l'extirpation
de l'hérésie ; son zèle reçut les plus
grands éloges, et son nom fut révéré
comme celui d'un personnage irréprochable.

~~~~~~~~~~~~~~~~~~

CHAPITRE LVIII.

Dîner chez M. Zori. — Entretien relatif au célibat et au mariage des prêtres.

HÉMANDEL se rend à une invitation du respectable M. Zori, qui désire l'avoir à dîner, et lui apprendre d'heureuses nouvelles. Après les complimens d'usage, on le fait placer à table à côté de mademoiselle Bertin, qui le comble d'honnêtetés et d'attentions.

Le repas était bon sans être recherché, et joyeux avec décence. On mangea du mouton, dont la chair était très-fine et fort délicate, un lièvre excellent, de belles perches, des truites du lac d'*Alloz*. On but de bons vins, mais avec modération. On servit au dessert des fromages estimés, composés de lait de brebis et de chèvre; des figues, des raisins, des oranges et des prunes de Brignolles.

M. Zori fait part à son convive de l'amnistie accordée aux calvinistes du Dauphiné, qui se sont armés pour repousser par la force les violences des troupes royales; il assure qu'à l'avenir on ne verra plus des chrétiens qui révèrent dans l'évêque de Rome le successeur de Saint-Pierre, égorger d'autres chrétiens parce qu'ils refusent de reconnaître dans le souverain pontife le chef suprême de la catholicité.

Adolphe se félicite de vivre sous le règne d'un monarque assez fort pour ne pas suivre les conseils de la crainte, assez grand pour réparer ses erreurs,

assez généreux pour oublier celles de
ses sujets. Il forme des vœux pour que
l'on pardonne à sa créance le tort de
n'être pas celle du prince, et que l'on
emploie tous les moyens de persuasion
pour confondre dans un mutuel épan-
chement de fraternité religieuse les
opinions divergentes qui éloignent
les catholiques romains des catholiques réformés.... Que les papistes
purifient les mœurs (65) en ne s'op-
posant point au mariage des prêtres,
il s'efforcera de soumettre sa raison
rebelle *au dogme de la présence réelle*
et substantielle du corps et du sang avec
l'ame de Jésus - Christ dans l'Eucha-
ristie, sous les espèces du pain et du
vin !....

—— Je vous souhaite la foi implicite,
afin que vous puissiez croire au chan-
gement miraculeux qui s'opère par
la consécration, que j'admire comme

sacrifice non sanglant, et que je vénère comme sacrement de la loi nouvelle.

Quant à votre opinion concernant le mariage des prêtres, je la combattrai sans me permettre de la blâmer.

Je conviens que la chair est faible, et que les plaisirs de l'amour séduisent quelques ecclésiastiques qui n'ont pas une vraie vocation ; mais je crois que l'impiété profite du scandale donné par un petit nombre de prêtres, pour imputer à tous des vices dont la plupart rougiraient de se rendre coupables. Qui n'aperçoit de la malignité dans l'affectation que l'on met communément à reprocher aux apôtres vivans de la religion romaine leur célibat, qui est une privation courageuse ajoutée à tant d'autres, et dont la société retire exclusivement les avantages? Si j'avais à répondre aux gens passionnés, je m'écrierais avec l'accent de l'indignation : « Hommes du siècle ! pourquoi ne voyez - vous un célibataire dangereux que dans ce ministre de l'évangile qui, à l'ombre des autels, exhorte le riche à la commisération, et distribue aux pauvres le pain des anges?... Je vous le demande..., pourquoi réservez - vous toute votre austérité pour celui qui travaille constamment à la *vigne du Seigneur?*... Quand on vous voit tirer le rideau de l'indulgence sur les déréglémens des célibataires enfantés par le libertinage .., hypocrites!... ce n'est pas la plaie d'Origène qui porte l'attendrissement dans vos ames, c'est le sang du séducteur d'Héloïse qui fait couler vos larmes abondantes... Dans telle ville, les objets de votre censure ne sont pas ces douze à quinze

dissolus qui érigent la prostitution en
systême, qui dégradent les femmes et
déshonorent les maris, qui abusent
de l'innocence de la jeune fille et
cherchent dans un joli garçon.... Je
m'arrête..; j'allais outrager la nature...
On ne voit en eux que les aimables
de la bonne compagnie... Ils se sont,
à la vérité, si rapprochés du sexe qui
nous enchante, qu'on ne les reconnaît qu'à l'insolence qui les trahit....
En effet, à leurs oreilles percées, à
leurs doigts chargés d'anneaux, aux
médaillons qu'ils portent sur la poitrine, au fard qui couvre leurs joues
décolorées, qui ne les prendrait,
s'ils avaient quelques grâces naturelles, pour des courtisanes parées
des présens de leurs adorateurs?...
Mais on acquerrerait une réputation
d'intolérable médisance, si l'on im-
prouvait sans réserve, l'irrégularité

de leur conduite.... Aussi le moindre murmure ne trouble - t - il jamais les jouissances illicites qu'ils recherchent continuellement : c'est sur le curé que chacun porte des regards scrutateurs. Dans la simplicité d'une conscience pure et la satisfaction de l'ordre qui règne dans sa maison, sourie-t-il quelquefois à sa gouvernante? on s'empresse de supposer qu'il vit avec elle dans une intelligence amoureuse, et la pauvre fille est accablée sous le poids de la calomnie, parce qu'il faut la décrier pour perdre son maître, et que l'on est toujours sûr de plaire au public en rendant ridicule ou odieux le censeur habituel de ses écarts...» Vous, monsieur, qui n'avez pas la perfidie de ces déclamateurs furibonds, avouez qu'un pasteur qui se doit, à chaque instant du jour et à toutes les heures de la nuit, à ses ouailles, qui a des sermons à composer, à apprendre', à débiter, et la jeunesse à instruire, ne saurait allier à tant de devoirs sacrés les obligations multipliées d'époux et de père.... Et quand il le pourrait...., ayant les mêmes habitudes, partageant les mêmes faiblesses et se procurant les mêmes voluptés que ses paroissiens, leur inspirera-t-il ce respect salutaire qui donne une autorité imposante aux paroles sorties de la bouche d'un homme qui paraît aussi exempt de passions que le Dieu dont il est l'organe.... Pensez-vous, monsieur, qu'il soit bien sage de renoncer à un pareil ascendant sur le vulgaire, toujours difficile à conduire dans le sentier de la morale, pour nous assimiler aux ennemis de la foi, et recevoir les caresses d'une mortelle ?...

— Ce ne sont pas, monsieur, les

voix calomniatrices d'hommes sans
mœurs qui nuisent davantage aux
prêtres de votre communion; on ne
voit applaudir aux discours du libertinage que dans les cercles de l'or-
gueilleuse opulence, dont les dissolus
font l'ornement et la honte. Si le
sage n'accable le débauché que d'un
mépris silencieux, c'est qu'il ne saurait attaquer la perversion morale des
fats sans remonter à sa source, qui
est le luxe, regardé comme indispen-
sable à la splendeur des monarchies,
et sur-tout parce que les oisifs fortunés ne corrompent que leurs sociétés
déja contagiées, et ne séduisent que
des malheureuses, nécessairement esclaves de la misère ou tributaires du
vice. Il n'en est pas de même du
guide sacré que l'on respecte dès l'enfance, que l'on craint dans tous les
âges, que l'on reçoit dans toutes les

familles, qui en connaît les plus secrètes pensées, à qui l'époux apprend
ses infidélités, la jeune femme ses
faiblesses, l'amant ses témérités, la
fille ingénue ses désirs.... Celui-là ne
peut être trop surveillé; il possède la
clef des cœurs; il connaît les moyens
de s'en rendre maître... Son imagination, continuellement éveillée par
de tendres récits; sa raison trahie par
ses yeux, heureux témoins des agita-
tions du sein de la beauté en pleurs;
ses sens échauffés par les différens
tableaux des jouissances de la volupté,
tout concourt à soumettre son ame à
la puissance du plaisir; et la religion,
trop faible pour éteindre en lui les
feux de l'amour, conduit inévitable-
ment dans ses bras luxurieux, et la
femme crédule, et la vierge timide...
Comment résistera-t-il à tant d'occasions de succomber, le célibataire à

10.

qui des vœux indiscrets ont ôté la faculté de goûter avec une amie avouée par les lois les délices dont on lui fait chaque jour de séduisantes peintures ?... mon esprit ne saurait le concevoir... Quant aux soins qu'exige votre ministère, ils sont ceux dont s'acquittent nos pasteurs, que la tentation n'assiège point à un tribunal que vous nommez de la pénitence, et qui est l'écueil des vertus humaines;... de sorte que tout vous convie à obéir aux impulsions de la nature ; toutes les facilités d'en suivre le doux penchant vous sont procurées par votre église, qui ne vous interdit que le seul mode de vous y livrer avec sécurité, sans blesser la morale et sans offenser la pudeur publique... Les médecins, les chirurgiens, les accoucheurs sont également obligés de remplir jour et nuit les devoirs de leur état. En ont-

ils moins une compagne, dont les caresses les rendent peu sensibles aux
charmes des personnes qu'ils visitent?
S'ils n'offraient point cette garantie à
la société, quel homme serait assez
insensé pour négliger de s'instruire,
avant de s'adonner à toute autre
étude, dans l'art de guérir, afin d'éloigner à jamais de l'objet de ses plus
chères affections un individu que les
privations du célibat rendraient d'autant plus dangereux qu'il aurait un
plus facile accès auprès des femmes,...
mais qui le serait toujours moins
que le prêtre Papiste qu'une réserve
simulée présente aux yeux du peuple
sous l'aspect d'un être supérieur aux
faiblesses humaines, et dont la seule
occupation consiste à ouvrir au pécheur la vòie du salut?... Au reste, la
confiance des catholiques romains
dans leurs conducteurs spirituels me

surprend autant que m'édifie la conduite des ecclésiastiques célibataires
qui ont votre aménité, votre franchise, vos vertus...

— Il est fâcheux, monsieur, que
nous ne puissions pas apporter dans
cette discussion intéressante l'impar-
tialité qui mène à la découverte de
la vérité que nous cherchons dans la
sincérité de nos cœurs. J'espère néanmoins que notre amitié n'en recevra
aucune atteinte, et que, pour n'être
pas membres de la même association
de fidèles, nous ne nous en regarde-
rons pas moins comme les enfans
d'un même Dieu, et conséquem-
ment comme des frères que l'opinion
divise quelquefois, et que le sentiment
éclairé de leur faiblesse réunit toujours.

— Ces principes, monsieur, sont
ceux d'un bon cœur et d'un esprit

judicieux, ils me feront sans cesse un devoir de cultiver votre société, dans laquelle les connaissances s'étendent et l'âme s'anoblit.

CHAPITRE LIX.

Adieux du lord Gloritz et de sa famille au respectable Oley, ministre protestant. — Récit de M. Foster. — Comment il recouvrit sa fortune.

LE lord Gloritz, son fils et sa fille vont faire leurs adieux au ministre Oley, à qui ils ont les plus grandes obligations pour la conduite généreuse et prudente tenue envers Onelly dans un moment où une rencontre fâcheuse pouvait la livrer à une perte certaine. Ce respectable ecclésiastique s'informe de la santé d'Hémandel, et témoigne ses regrets d'être privé du plaisir de le voir. On expose les raisons qui l'ont forcé de partir précipi-

tamment et ne lui ont pas permis de
rendre une visite à l'homme pour
lequel il conserve les sentimens d'une
vive reconnaissance et d'une admiration méritée. Le pasteur parle
d'Adolphe avec tant d'éloge, que la
jeune lady en est transportée de joie;
son père remercie M. Oley pour l'absent, et Georges confirme les louanges
données à son cher Pylade.

L'arrivée inattendue de M. Foster
interrompt la conversation. Appercevant le frère d'Onelly, il court se
jeter dans ses bras avec émotion, et
raconte comment sa famille a reçu
des secours de Georges et d'Hémandel dans un temps malheureux dont
il ne conserve le souvenir que pour
se rappeler les vertus des personnes
qui ont été sensibles à sa détresse.

Onelly et son père éprouvent des
sensations délicieuses au récit de la

bienfaisance d'un fils, d'un frère, d'un amant, d'un être chéri qui doit recevoir bientôt les titres d'époux et de gendre.

Oreste demande à M. Foster des nouvelles de la santé de madame son épouse et de leurs enfans, sur-tout de celui qui l'a tant intéressé.

Il le satisfait en ces termes :

« Ma femme est parfaitement rétablie, milord, notre petite famille accrue, Emmanuel embelli, notre fortune augmentée. Celui qui avait abusé de la crédulité de mon épouse s'est vu tout-à-coup au sein de la prospérité ; la mort d'un parent dont l'avarice avait causé son inconduite l'a rendu maître de trésors considérables ; plus riche qu'il n'avait désiré, il était moins tranquille que durant le cours de ses brigandages : le repos le soumettait à l'empire des remords, qui le tourmentaient moins au milieu des terreurs suscitées par la crainte continuelle d'être arrêté. Sa conscience le bourrelait incessamment depuis qu'il était oisif et que ses nouvelles liaisons le ramenaient à des idées d'ordre et de propriété. La haute réputation dont jouit M. Oley lui fit naître le désir de le consulter sur sa position ; il le vit, devint honnête homme, et répara ses fautes : j'eus une grande part dans ses restitutions. Je suis maintenant au-dessus de la commune aisance ; il commence à jouir du bonheur que l'on ne trouve que dans la vertu : c'est en me replaçant au rang que je tenais dans le commerce avant mon désastre, que monsieur le ministre lui a rendu la paix de l'ame. »

Georges promit à M. Foster d'aller rendre l'hommage de ses civilités à son aimable compagne et de passer quelques instans avec l'intéressant Emmanuel, qui avait montré à douze ans une intelligence rare à cet âge et un attachement héroïque à ses parens. Onélly se rappelait l'histoire du petit pauvre, qu'Adolphe lui avait racontée, et le lord, désirant le connaître, proposa à la société d'accompagner M. Foster chez lui s'il le trouvait bon. Cette proposition le flatta infiniment; chacun mit le comble à sa joie paternelle en se levant pour témoigner son approbation et son impatience.

On trouva madame Foster occupée à broder, son fils à écrire, et les petites demoiselles apprenaient la musique auprès de leurs jeunes frères, qui jouaient aux osselets. Emmanuel poussa un cri de joie en voyant Georges; il renversa sa table pour voler auprès de lui, le caressa, et demanda où était M. Hémandel. On lui apprit son départ ; il en fut très-affligé, recommanda bien de le rappeler à la mémoire d'Adolphe, et de l'assurer de sa reconnaissance.

Madame Foster déclara à Georges qu'elle était fâchée de ne s'être pas trouvée chez elle quand il y répandait ses bienfaits, et le conjura de prier Hémandel d'agréer l'expression de sa gratitude.

On prit un thé dont elle fit les honneurs avec une facilité, une décence que relevaient ses grâces naturelles ; elle dit à Onelly les choses les plus honnêtes sur l'excellent choix qu'elle avait fait. Son mari entretint le lord et M. Oley d'objets importans. Georges s'amusait avec les enfans, qui étaient tous d'une gaieté ravissante.

CHAPITRE LX.

Apostolat de Géréon. — Malheurs et vertus des protestans. — Effets du fanatisme.

LE zèle de Géréon pour la défense de la foi, et ses passions effrénées, le conduisaient par-tout où il y avait des proscriptions à exercer ou des femmes à flétrir. Comme missionnaire il était reçu dans toutes les classes de la société, et sous l'uniforme de dragon il se livrait sans retenue à la fougue de son tempérament de feu. Il parcourait ainsi toutes les provinces du midi de la France, violant le soir, à la faveur d'un travestissement militaire, la jeune vierge qu'il n'avait pu convertir dans la journée....

Les protestans étaient condamnés
à croire des dogmes que leurs anta-
gonistes eux-mêmes regardent comme
inconcevables. Il fallait qu'ils renon-
çassent à leur Dieu (66), à leur religion, à leur raison, ou qu'ils endu-
rassent sans murmure des supplices
destinés aux scélérats convaincus des
forfaits les plus inouis. Rien n'était
capable d'attendrir leurs persécuteurs,
rien ne pouvait émouvoir les dragons,
qui commettaient sur leurs personnes
toutes sortes d'infamies; leur sang, répandu par torrens, nourrissait la vengeance des prêtres, entretenait le fanatisme des moines, et rafraîchissait
l'ame des jésuites, qui étaient les plus
acharnés à leur perte (67).

La délicatesse du sexe, la faiblesse
du malade, la caducité du vieillard,
les infirmités de l'impotent, la candeur de l'enfance, l'irréprochabilité

des mœurs, les services rendus à la patrie, étaient de vains titres à la commisération des convertisseurs..... Les tourmens ne se proportionnaient jamais à la force physique ou à l'opiniâtreté courageuse des martyrs, mais à la fureur des moines (68) et à la barbarie d'une soldatesque dépourvue de tout sentiment d'humanité.

Les amnisties étaient des modifications de peines, des suspensions de cruautés générales, et non des actes de pardon commun. Les catholiques propagandistes connaissaient l'art de faire passer les paroles indiscrètes pour des provocations séditieuses, et les actions imprudentes pour des crimes irrémissibles. Les meilleures dispositions de l'ame et les intentions les plus droites de l'esprit ne procuraient point la grâce du prince, quand la voix d'un ennemi faisait entendre des paroles accusatrices. Les restrictions étaient si multipliées, qu'il n'y avait que les femmes et les enfans qui pussent espérer d'avoir part aux amnisties.

Ces actes d'une fallacieuse clémence désarmèrent des hommes trop confians, que l'on cessa d'exterminer en masse, et que l'on accabla individuellement de traitemens affreux...

Le Bret, intendant du Dauphiné, fit condamner à être roué vif l'intéressant Chamier, qui n'était âgé que de vingt-huit ans et jouissait, à Montelimar, où il exerçait la profession d'avocat, de l'estime publique ; on l'assassina, parce qu'il s'était trouvé à un combat, et qu'il descendait du pasteur célèbre qui avait dressé le mémorable *édit de Nantes*. On l'exécuta devant la maison de son père (69)....

Coutaut de Saillans, syndic du

consistoire , convaincu seulement
d'avoir assisté à une assemblée illi-
cite, fut pendu, après avoir été ap-
pliqué à la question ordinaire et ex-
traordinaire. Déchiré par la torture,
il refusa le tombereau destiné à le
conduire au lieu du supplice.... On
le vit marcher avec autant de fermeté
que s'il eût conservé toutes ses forces.

Dans le Vivarais, les violences con-
tinuant toujours de la part des catho-
liques-romains contre les catholiques-
réformés, ceux-ci, des environs de
Saint-Fortunat, se cachèrent dans des
précipices derrière Mastenac, où ils
se réfugièrent, emmenant avec eux
les vieillards, les femmes, les enfans
et ce qu'ils avaient de plus précieux ;
mais ceux-là y conduisirent les troupes,
qui se livrèrent à tous les genres d'excès.... On ôtait la chemise aux jeunes
filles pudiques.... les garçons imberbes

essuyaient d'autres outrages....; la résistance était punie rigoureusement....
Pierre Palix eut les bras coupés à coups de sabre; on n'épargna pas même Catherine Raventel, trouvée dans les douleurs de l'enfantement....; les dragons fendirent le visage à l'un de ses enfans, âgé de huit ans....; le plus jeune perdit la main droite....

A Saint-Hippolyte, quatre protestans rentrés sous la foi de l'amnistie furent absous par le juge; mais le comte de Tessé voulut qu'il y en eût deux de pendus....; le magistrat fut inébranlable....; il montra le courage d'un homme intègre, et le comte, irrité, tira leurs noms au sort, pour déployer sa puissance....

L'intendant du Languedoc fit rouer vif, à Tournon, Isaac Homel, dont le plus grand crime était d'avoir prêché dans des endroits interdits.

L'évêque de Lodève (70) provoqua
la ruine et l'extermination des protestans de son diocèse, qui refusaient de
se convertir. On incarcéra, par son
ordre, une demoiselle Balestrier; il
la visitait souvent dans sa prison, et
lui meurtrissait la gorge à coups de
poing quand elle rejetait ses exhorta-
tions apostoliques.... Ce prêtre fana-
tique intenta des procès criminels aux
malheureux habitans de Saint-André,
qui avaient su préserver leur vie et
les débris de leur fortune des brigandages exercés contre eux.

Dans la Saintonge (71), les protestans
et leurs ministres furent persécutés à
outrance par une commission dont
le président était Duvigier, conseiller
au parlement de Bordeaux; le procu-
reur du roi, Cordis, conseiller au siége
de Sarlat; les assesseurs, Roussie, ré-
collet, chargé de l'analyse des sermons

auxquels il assistait et qu'il interprétait à sa manière ; le second adjoint se nommait Augustin Mayac, moine entreprenant et visionnaire ; il annonçait qu'il y avait en paradis des places préparées pour lui, pour Duvigier, pour le missionnaire Géréon et pour la comtesse de Marsan, dévote sanguinaire.... Roussie servait encore de délateur, de témoin, de partie plaignante, de greffier ; l'emploi principal de son collègue consistait à suborner les témoins. Ce Mayac prétendait que Louis XIV avait secrètement permis à son chancelier de faire impitoyablement égorger tout sectaire qui refuserait d'abjurer l'hérésie.... Ainsi Dieu, disait-il, avait conduit le poignard d'Aod dans le cœur d'Eglon, ordonné à Samuel de couper Agag en morceaux, à Judith de trancher la tête à Holopherne, au pontife Joad de faire massacrer Athalie, à Saül d'exterminer les Amalécites, sans distinction d'âge ni de sexe.... Il n'est point d'infamie, de brigandage, de parricide que les moines et les prêtres n'aient autorisés, à l'aide de l'écriture-sainte, où tous les excès et toutes les horreurs trouvent une sanction divine....

La comtesse de Marsan, de la maison d'Albret, vieille pénitente, à qui appartenait la ville de Pons, étonnait son confesseur Géréon par le sang-froid qu'elle mettait dans l'exercice de ses pieuses cruautés. La conversion des enfans faisait ses délices...; on les enlevait à leurs parens pour les lui amener...; elle les emprisonnait et les maltraitait jusqu'à ce qu'ils embrassassent sa religion. Parmi ceux qui aigrirent davantage sa sainte fureur on distingue Jean Brun, orphelin, âgé de douze ans, qu'elle empê-

chait de prier Dieu, et qui, après avoir
souffert pendant un mois toutes sortes
de mauvais traitemens, fut descendu
avec des cordes dans les latrines, où
les menaces de le laisser périr en cet
affreux état et les exhalaisons méphi-
tiques lui arrachèrent la promesse
d'apostasier....

On remarque encore Jacques Pas-
calet ; cet enfant gémissait dans la
tour de Pons, où demeurait la comtesse. Il ne recevait l'air que par un
trou, au travers duquel les domestiques introduisaient dans son cachot
de la fumée de foin et de paille pour-
rie. Ce rafinement de férocité ne put
épuiser sa constance... ; on eut recours
à des moyens plus terribles pour lui
faire adopter la créance de sa persé-
cutrice....

Les témoins déposaient à prix d'argent ou pour échapper au supplice.

Le scandale de la calommie était poussé à un tel excès, que l'intendant de Caen, Morangis-Barrillon, se crut obligé de reprocher à la supérieure *de la propagation* d'avoir produit de faux témoins.... Elisabeth Vautier eut la douleur d'entendre sa propre fille déposer contre elle.

Dans le Béarn, les officiers qui commandaient les détachemens n'étaient pas moins inhumains que leurs soldats; ils crachaient au visage des femmes, les forçaient de se coucher en leur présence sur des charbons ardens, et de se mettre la tête dans des fours dont la vapeur les suffoquait. La constance au milieu des douleurs irritait ces monstres, dont la barbarie inventait des tourmens qui pussent ébranler le courage héroïque de leurs victimes, sans les exposer à une mort certaine....

Sara Vivier, épouse de Jean-Pierre

Lapadu, âgée d'environ trente ans, grosse de quatre à cinq mois, assommée à coups de bâton, expira en pardonnant à ses bourreaux, qui l'avaient précipitée du haut d'un escalier en bas....

Les habitans d'Arté, seigneurie du duc de Grammont, implorèrent sa protection contre l'intendant Foucaud, qui les accablait de logemens. Monsieur de Grammont écrivit aussitôt au marquis de Bouflers, général de l'armée, pour l'engager à être sourd à toute espèce de réclamation.

Ces actes odieux étaient connus du monarque, qui, pour mettre un terme aux remontrances multipliées des victimes, ordonnait l'emprisonnement de leurs défenseurs.

Monsieur Abere, étant venu dans la capitale en qualité de représentant de la noblesse, dont on ne respectait plus les privilèges , apprit que les plaintes déposées par son frère au pied du trône venaient d'être punies de l'exil , et fut envoyé lui-même à la Bastille....

Louis XIV (72), que de vils courtissans et des historiens plus méprisables placèrent au rang des plus grands rois , ne fut pas le seul prince que des flatteries hypocrites endormirent sous le dais, tandis que les ministres d'un Dieu de clémence exerçaient sur des hommes paisibles toutes les atrocités que des soldats ivres de sang et de vin commettent dans une place prise d'assaut.... Qui ne sait qu'avant lui , Pierre d'Arragon , entraîné par des conseillers perfides, prépara l'affreuse journée des *vêpres siciliennes ,* dans laquelle la haine du nom Français fut portée à un tel point par un clergé barbare, que l'on vit des pères ouvrir le ventre à leurs filles, et y chercher les fruits de l'amour qu'elles avaient eu pour des Français!!!... Quant aux moines et aux prêtres, non contens de prêcher le viol, le pillage et l'infanticide, ils flétrissaient les charmes de la jeune fille sous les yeux de sa mère, et massacraient le vieillard jusque sur les autels!!!... Porcellets, seigneur en partie de la ville d'Arles, fut le seul Français qui échappa à cette boucherie sacrée.

CHAPITRE LXI.

Arrivée en France de la famille du lord. — Accueil flatteur que lui fait M. Zori.

LE lord Gloritz, Georges et sa sœur, arrivés à...., envoient, sans perdre de temps, un exprès à la maison de plaisance d'Hémandel, pour lui annoncer que le lendemain dans la journée ils auront le plaisir de le voir. Cette nouvelle le réjouit au-delà de toute expression; il court en faire part à M. Zori et à mademoiselle Bertin. On lui témoigne des craintes relativement à l'audace effrénée des *convertisseurs*. M. Zori déclare qu'ils ont des agens dans toutes les hôtelleries, et qu'il est prudent d'en instruire aussitôt le lord et sa famille ; il observe qu'ils ne sauraient se livrer avec sécurité aux pratiques de leur culte ailleurs que chez lui, et prie Adolphe de les inviter à accepter l'hospitalité dans son presbytère. Hémandel, sensible aux offres agréables de l'ecclésiastique, se rend sur-le-champ auprès du vieillard, de Georges et d'Onelly, leur réprésente les dangers auxquels ils sont exposés dans un lieu public, et les engage à profiter des dispositions protectrices de l'homme respectable dont il les a entretenus plusieurs fois par sa correspondance. La proposition est reçue avec empressement ; Georges désire connaître mademoiselle Bertin ; le lord ne veut pas rester plus long-temps dans l'auberge. Onelly n'a rien entendu de tout ce qui s'est dit : ses joues sont brûlantes et son cœur vivement agité depuis le baiser qu'elle vient de recevoir de son amant, dont la présence ajoute à son trouble et remplit son ame des plus douces sensations.

Le lord consent à suspendre pour quelque temps ses prières publiques, et à loger chez M. Zori jusqu'à l'extinction du feu de l'intolérance et la célébration des noces de sa fille. Georges pense qu'il ne faut jamais heurter des fous furieux qui s'entr'-égorgent pour des discussions religieuses que la raison désavoue et que le prince devrait étouffer en les accablant du ridicule qu'elles inspirent à tout être sans prévention. Onelly est enchantée de trouver un asile contre les méchans chez un ami d'Adolphe, où elle aura une compagne de sa religion.

M. Zori reçut le lord avec les

égards dus à ses cheveux blancs et à ses vertus, Georges d'une manière franche et amicale, Onelly avec bonté, recommandant à sa cousine d'avoir pour elle mille attentions et d'en faire son amie. La jeune lady fut frappée de la beauté d'Eléonore; elle en conçut un sentiment de jalousie, se rappelant avec inquiétude les choses flatteuses qu'Hémandel avait dites de cette demoiselle dans ses lettres à Georges. Oreste ne vit point la jolie cousine de M. Zori sans éprouver l'émotion du plaisir.

A table, le vieux lord eut la droite de M. Zori, qui l'entretint pendant tout le repas. Hémandel, placé entre mademoiselle Bertin et son amante, trop plein de son bonheur pour s'occupper de tout autre objet, ne pensait qu'à sa bien-aimée. Georges réjouissait Eléonore par sa gaieté, et la ravissait par de tendres discours. Dès-lors, il n'y eut plus qu'attachement et intelligence entre ces jeunes cœurs; les craintes d'Onelly se dissipèrent, et sa compagne ressentit les premières impressions de l'amour.

Le lord était surpris et satisfait de trouver dans un prêtre romain beaucoup d'instruction, une sorte de tolérance et une liberté de penser peu commune. M. Zori admirait dans le vieillard la justesse des idées, la perspicacité de l'esprit, la loyauté et la philanthropie qui l'avaient toujours fait distinguer parmi les citoyens les plus recommandables de sa nation.

La séparation d'Adolphe et d'Onelly fut pénible. Eléonore chercha à cacher l'embarras de la sensible lady; toutes deux allèrent prendre un repos devenu nécessaire à la situation de leurs ames.

CHAPITRE LXII.

Continuation de l'apostolat du moine.
— Il devient amoureux de Victorine.
— On neutralise ses projets. —Ven-
geance méditée.

LA loi des contrastes est l'axe sur
lequel roulent les mondes, les asso-
ciations politiques, les tourbillons du
mal et du bien. Si l'on doit l'harmo-
nie de l'univers aux révolutions per-
manentes de la nature, on peut imputer les malheurs des peuples aux
inepties des insensés ou aux crimes
des tyrans qui les gouvernent. Le vice
semble inhérent à la civilisation ac-
tuelle de l'Europe, et la vertu, considérée comme une émanation de

l'équité, comme le soulagement de l'infortune, comme l'humanité en action, entrave la marche des rois....

Sous Louis XIV, l'abbé Pélisson apostasie pour obtenir des bénéfices, et fait tourmenter la conscience des réformés proscrits, pour être agréable au clergé romain, armé du glaive de la persécution.

A la même époque, un être faible, sans autre recommandation que les charmes de son sexe, sans autre fortune que celle d'un époux mort irreprochable, sans autre émule qu'un cœur compatissant, ne craint ni le courroux du monarque ni la vengeance d'un clergé altéré de sang; l'incomparable veuve du contrôleur général des finances, la sublime Hervard envoie des anges de consolation et multiplie les œuvres d'une générosité courageuse dans les provinces où des moines et des jésuites secouent les brandons de la discorde, où de pieuses mégères récompensent la rebellion des enfans contre leurs mères, où des dragons inhumains violent la jeune fille sur le corps du vieillard expirant.

Géréon s'aperçoit depuis peu qu'un ennemi secret de sa personne s'attache à empêcher l'effet des moyens employés à la séduction de ses crédules néophytes et de leurs compagnes innocentes; son zèle apostolique s'en irrite, les obstacles accroissent sa lubricité et augmentent sa fureur... ses soupçons jaloux tombent sur une des dames de miséricorde qui s'est plainte souvent de voir les convertisseurs moins empressés de gagner les cœurs à Dieu que d'assouvir leurs passions, et sur un militaire qui lui a plusieurs fois disputé les prémices de

la beauté... Le missionnaire épie long-
temps leur conduite, ne découvre rien
qui puisse justifier son aversion pour
eux, n'en conclut pas moins qu'ils
nuisent à ses jouissances, et les suppose d'autant plus dangereux, qu'il
croit remarquer plus d'artifice dans
l'exécution de leurs desseins... Le
moine raisonnait comme il convient
aux agens du despotisme, qui ré-
prime toujours la franchise d'une belle
ame comme une audace coupable,
et prend constamment le calme de
l'innocence pour l'impénétrabilité du
crime...

Il y avait alors à Cavaillon, sur
les rives de la Durance, une jeune
fille nommée Victorine qui possédait
la simplicité de Diane et la délicatesse de Thétis ; elle devait à ses
charmes tant de célébrité, que dans
le comtat Venaissin, et même dans

toute la Provence, on la distinguait
de ses plus jolies contemporaines en
mariant son nom baptismal à celui
de la cité dont elle faisait l'ornement.
Ses parens professaient le calvinisme.
On remarquait parmi ses adorateurs
plusieurs jeunes gens de la religion
dominante, et tous les réformés qu'elle
honorait d'un de ses regards enchan-
teurs. Le parti papiste attendait beaucoup de sa conversion; Géréon voulut
l'entreprendre : l'ambition, l'amour
et son Dieu lui promettaient à l'envi
les plus flatteuses récompenses.

La ferme d'un des oncles de Victo-
rine-Cavaillon était remplie de soldats, Géréon parvint à la délivrer
de cette charge onéreuse, et s'y logea
pour la garantir à l'avenir de tout
dommage. Dans ces temps de déso-
lation, le missionnaire qui n'était pas
un monstre se faisait chérir des mal-

heureux protestans. Par cet acte de
modération hypocrite le moine voulait plaire, il fut adoré. On intro-
duisit le fourbe comme médiateur,
comme ami, comme protecteur dans
une maison où il eût été flatté d'être
reçu en qualité d'amant ; on désirait
l'opposer à une *dame de miséricorde*
qui effrayait l'imagination de l'aimable Victorine par de sinistres pré-
dictions, et à un dragon qui, par sa
bravoure, sa sensibilité et les avantages d'un physique séduisant, se rendait maître du cœur de cette charmante personne. Géréon ne la vit
point sans ressentir le feu de la con-
cupiscence ; mais il fut révolté et
trembla de colère dès qu'il reconnut
la femme qu'il détestait et le dragon
contre lequel il conservait un vif
ressentiment dans les deux ennemis
qu'il avait à combattre pour obliger

les parens de la belle Provençale, et goûter dans ses bras caressans la suprême volupté.

―――――――――――――

CHAPITRE LXIII.

Bastide d'Hémandel. — Sa description.
— Réunion sentimentale.

LE lord, Georges et Onelly, accompagnés de M. Zori et de mademoiselle Bertin, viennent voir la bastide
d'Hémandel. Elle est entourée d'étangs
larges et profonds, remplis de bro-
chets, d'aloses, de cops, de barbeaux,
de perches, de truites ; on passe sur un
très-beau pont-levis pour arriver au
corps de logis dont l'intérieur présente à l'œil satisfait tout ce que l'art
et la magnificence ont de merveilleux.
D'un belvédère, construit en bronze,
on découvre, à la clarté du soleil
dardant obliquement ses rayons sur la

Méditerranée, où ils sont réfléchis comme sur une glace, mille bateaux pêcheurs qui enlèvent à la mer ses habitans, des vaisseaux qui font voile vers le levant, et d'autres bâtimens qui apportent dans nos ports les productions de la Perse et les trésors de l'Inde; une vaste plaine, agréablement diversifiée par le vert nuancé des moissons, des vignes, des oliviers; des rivières bordées de saules et de peupliers; des montagnes nues et des rochers arides qui contrastent singulièrement avec les richesses variées qu'un sol fertile prodigue à l'agriculteur laborieux et au joyeux vigneron.

Le jardin, divisée en trois parties par des guirlandes de fleurs qui en forment les compartimens, contient dans la première, consacrée aux fruits, des pignons, des jujubes, des câpres,

des limons, des poucires, des gre-
nades, des citrons, des oranges. Dans
la seconde on remarque, parmi une
multitude de plantes rares, le petit
aconit, l'aloës vulgaire, les espèces
de fer à cheval, le bec de grue à
aiguilles fort longues, le lys aspho-
dèle à fleur ponceau, le safran et
l'arbre du storax à feuilles de coi-
gnassier. La troisième est peuplée
d'arbrisseaux très-curieux, tels que
le bruc, dont le fruit, petit et rouge,
se conserve toute l'année et naît du
milieu de ses feuilles; l'azerollier, qui
en produit un de la même grosseur
et de la même couleur, dont le goût
est aigrelet, mais agréable; et une
espèce de chêne vert de deux ou trois
pieds de haut : il fournit le kermès
ou vermillon.

Dans une pièce d'eau, au milieu
de ce jardin, se promènent de très-

jolis canards , des cygnes superbes ,
et le flammant ou phœnicoptère. Cet
oiseau est gros comme un coq-d'inde ;
ses plumes sont d'un jaune doré fort
éclatant ; l'extrêmité de ses ailes res-
semble au plus bel ébène. Les friands
de l'ancienne Rome mangeaient sa
langue avec délices.

Ce lieu enchanteur est clos par une
haie vive, fortifiée d'arbres odori-
férans, et entourée de fleurs cham-
pêtres de diverses couleurs.

Au bout de ce jardin d'Eden, se
trouve une issue masquée par un
bosquet mystérieux qui conduit à une
promenade romantique.

Le vieillard était insensible à tant
de beautés pour ne se remplir l'imagination que de la perspective qui
l'avait fait jouir du spectacle le plus
imposant, le plus varié, le plus pitto-
resque, le plus admirable que l'on
puisse imaginer.

M. Zori parlait de tout avec le
discernement d'un homme qui a beaucoup lu, beaucoup étudié, beaucoup
réfléchi. Hémandel l'écoutait par bien-
séance, portait toujours ses regards
sur son amante, et trouvait la société
très-honorable pour lui, mais bien
nombreuse, bien fatigante, bien
importune. Il était indifférent aux
discours animés de son futur beau-
père, sur le commerce, la marine,
l'agriculture, et ne prêtait point
l'oreille aux descriptions scrupuleu-
sement détaillées que faisait M. Zori
des animaux et des arbustes, des
plantes et des fleurs.

Onelly se parait orgueilleusement
d'un bouquet qu'Adolphe lui avait
donné, et suçait avec avidité le
suc des fruits qu'il mettait dans sa
jolie main en la pressant furtivement.

Georges conversait avec le parent

de mademoiselle Bertin, développait de grandes connaissances en histoire naturelle, rien n'échappait à ses yeux observateurs, et cependant il les tenait sans cesse fixés sur l'intéressante Eléonore. Elle l'écoutait avec le plus vif intérêt et ne pouvait concevoir la rapidité avec laquelle il passait d'un objet à un autre; elle ne se doutait point qu'il ne parlait de tout qu'afin d'empêcher M. Zori de s'appesantir sur quelque chose, et pour aller plutôt dans l'asyle du mystère.

Les deux couples amoureux fuient les regards importuns. Dès qu'ils sont entrés dans le bosquet, Hémandel ravit un baiser à la charmante Gloritz, et son ami arrache un tendre aveu à l'ingénuité d'Eléonore. Après la plus agréable promenade, les jeunes gens, enchantés de leur mutuel attachement; M. Zori et le lord, pleins

d'estime l'un pour l'autre, reviennent
à la bastide, prendre un repas nécessaire à tous, et des rafraîchissemens
dont les amans ont un pressant besoin.

CHAPITRE LXIV.

Fin tragique d'Ursule. — Géréon pro-
tège le meurtrier. — Avis donné au
père de Victorine.

Géréon gagne la confiance de la
dame de miséricorde en lui faisant
voir une lettre de M. Pélisson, qui le
charge de louer son zèle à convertir
les huguenots. Elle remercie le moine
d'avoir écrit en sa faveur, et le prie
de lui continuer ses bontés ; il la
comble d'éloges et lui impose le devoir d'instruire M. de Boufflers de la
conduite irrégulière du dragon logé
chez les parens de Victorine, que vous
auriez déjà convaincue, lui dit-il, de
la sublimité de notre sainte religion,

sans les distractions mondaines auxquelles ce militaire la ramène incessamment. Ursule ne peut résister à tant de flatteries; ses joues, décolorées par de longues macérations, se couvrent tout-à-coup d'un léger incarnat; elle regarde avec plaisir son adulateur, et promet de suivre ponctuellement ses sages conseils. Le même soir, elle lui montre son projet de lettre au général; le cénobite la trouve remplie du fiel de la dévotion, y applaudit, la prend avec transport, se charge d'y ajouter quelques lignes et d'en faire l'envoi; puis il salue respectueusement la dame, et se retire en frémissant de vengeance et d'amour.

Le missionnaire dîne le lendemain avec Victorine et Valentin. La conversation roule sur Ursule; la jeune fille vante sa piété, Géréon blâme le déréglement de son imagination, et

l'amant, échauffé par le vin, la traite
de vieille hypocrite. Tout ce qui peut
plaire à un militaire, tout ce qui est
capable d'enflammer une tête ardente, tout ce qu'il croit propre à
séduire un cœur amoureux, le moine
l'emploie pour s'emparer de l'esprit
du dragon. Il y réussit pleinement,
sort avec lui, l'exaspère contre Ursule,
présente la pièce accusatrice, et im-
prouve faiblement la colère que le
militaire fait éclater... Il l'invite à se
rendre sur les bords de la Durance,
où il se propose de l'aller joindre
bientôt. Une heure après, Géréon
y amène la dame de miséricorde,
comme s'il avait quelque chose d'im-
portant à lui communiquer en présence d'un tiers. Le dragon veut
adresser de vifs reproches à Ursule;
le cénobite le condamne au silence,
dans la crainte que son emportement

ne s'exhale en propos insultans, et, pour l'irriter davantage, il fait un crime à la dame de s'être servie d'expressions déhonorantes pour Victorine, et trop sévères contre Valentin. Trompée sur les intentions du convertisseur, elle s'épanche en invectives et en menaces contre les jeunes gens. Le dragon, furieux, la saisit aussitôt à brasse corps et la jette dans la rivière. Le moine appelle au secours de sa victime quand elle a disparu sous les eaux, ordonne au coupable de chercher sa sureté dans une fuite très-prompte, et de l'instruire de sa retraite, afin qu'il puisse lui administrer les secours de son saint ministère et lui donner des nouvelles de son amante... Le malheureux Valentin baise la main qui l'a précipité dans la carrière du crime, et s'éloigne à grands pas d'un odieux rivage. L'in-

fortuné, loin d'exécrer l'affreux Géréon, conçoit pour lui des sentimens
de reconnaissance, et les remords
trouvent à peine une place dans son
cœur, partagé entre son rival triom-
phant et sa maîtresse en danger...

Le moine publie avec une sorte
d'empressement la perte d'Ursule,
qu'il raconte diversement, selon les
personnes auxquelles il en parle : chez
le père de Victorine il excuse le
dragon, ailleurs il aggrave sa faute,
partout il préconise les actions chré-
tiennes de la dame de miséricorde.

Le fourbe informe Victorine d'une
visite qu'il doit rendre à Valentin, et
lui annonce qu'il se propose de le
consoler dans ses peines. Elle le charge,
en tremblant, de lui dire qu'elle y
prend beaucoup de part, et remercie
le moine avec attendrissement ; il
devint ainsi agréable à l'une et néces-

14.

saire à l'autre. Une correspondance
clandestine s'établit entre eux ; elle fit
les délices des amans et entretint les
espérances de Géréon. Il était satisfait
de vivre dans l'intimité d'une vierge
qu'il adorait, dont il connaissait les
plus secrètes pensées, qu'il embrassait
passionnément au nom de Valentin,
instrument aveugle qu'il pouvait briser à son gré et remplacer facilement...
Son bonheur lui paraissait d'autant
plus certain, qu'il avait fait noyer
l'argus dont il redoutait la surveillance, et qu'il tenait hors de combat
son ennemi le plus dangereux.

La sécurité du perfide fut troublée
à l'instant où il s'y attendait le moins...
Le père de Victorine, anonymement
averti qu'il cherchait à séduire sa fille,
devint défiant, ne la quitta plus,
étudia les regards de Géréon, reconnut la véracité de l'auteur du

billet, surprit la correspondance des
amans, dissimula ses craintes, et re-
doubla de soins afin de rendre vaines
les tentatives du missionnaire.

CHAPITRE LXV.

La vertu et la tendresse font le bonheur des deux amis.

APRÈS avoir reçu les ordres sacrés, M. Zori, voulant être utile aux pauvres, avait étudié la chirurgie; aussi était il tout-à-la-fois le père, le médecin et le curé de ses paroissiens. Ceux que la maladie tenait alités, il les visitait tous les jours; les autres venaient se faire panser chez lui. Dans l'absence de son parent, mademoiselle Bertin le remplaçait auprès de ces infortunés. Jamais elle ne parut plus sublime aux yeux de Georges, que la première fois qu'il la vit occupée à donner ses soins à un paysan couvert d'ulcères ; elle le touchait avec une dextérité, une facilité, une aisance qui annonçaient que, tout entière au sentiment de l'humanité, elle n'éprouvait pas la moindre répugnance. Pour ne pas être froid spectateur des actions charitables d'Eléonore, Gloritz la conjura d'accepter la charge de distributrice des dons de sa générosité, lui confia une somme d'argent assez forte, et la pria d'en user en faveur des personnes qu'elle connaissait dans le besoin. Cet acte, si conforme à la sensibilité de mademoiselle Bertin, donna au lord l'empire le plus absolu sur le cœur de sa maîtresse.

Un dimanche, M. Zori, ayant été obligé de biner pour remplacer le desservant d'une succursale assez éloignée de sa maison, resta presque toute la matinée au hameau voisin. Avant son départ, Onelly, son père et Georges étaient allés déjeûner chez Hémandel, où le jeune lord resta très-peu de temps. La tête remplie de l'objet de sa flamme, il se déplaisait dans tous les lieux que n'embellissait pas la présence de sa chère Eléonore.

Tandis que le vieillard, Onelly et Adolphe se promenaient dans une garenne forcée où l'on voyait des lapins de diverses espèces et de races croisées, Georges s'ennuyait et pensait à ses amours. Fatigué de courir après ces animaux timides pour les donner à caresser à sa jolie sœur, il s'assied au pied d'un arbre antique fort touffu, son père l'imite et s'endort; les amans passent doucement la main sur un lapereau très-blanc que la jeune lady tient sur ses genoux; Oreste profite de cet heureux instant, s'échappe, et va offrir son hommage à la beauté que son cœur idolâtre.

Mademoiselle Bertin éprouve un grand embarras en le voyant arriver; la servante vient de sortir pour porter des secours à quelques malades réduits à une extrême pénurie; elle se voit seule avec l'amant le plus tendre, le plus passionné, le plus chéri. Il ne lui laisse pas le temps de réfléchir au danger de sa position; il loue ses charmes, son amabilité, ses vertus. La pudeur empreinte sur les joues d'Eléonore, sa timidité, ses yeux animés, sa voix presque éteinte, tout l'engage à être plus ardent que respectueux;... il la tient par la main et veut la couvrir de baisers,... elle se défend avec agilité, déploie ses grâces par sa résistance, et accroît la passion du lord en se montrant digne d'un attachement inviolable. Aussitôt Georges ceint son beau corps de ses bras amoureux, et triomphe des efforts qu'elle oppose à ses embrassemens... Eléonore eût été au comble de la joie dans ce divin tête-à-tête si une sorte d'inquiétude n'en avait troublé la douceur; son éducation combattait son penchant, et sa vertu comprimait les mouvemens de son cœur... Quant à Gloritz, il ne maîtrisait point la violence de ses désirs.... S'il ne les satisfaisait pas complètement, c'est qu'il se proposait de recevoir et non de ravir la dernière preuve d'amour que le sexe créé pour l'inspirer peut communiquer à celui qui trop souvent n'en connaît que la fièvre ardente, les bouillans transports, les fougues éphémères, et non les tendres langueurs, la mélancolie sentimentale, la douce ivresse, les plaisirs délicats et cette variété de sensations délicieuses qui, dans les femmes aimantes, précèdent les trépidations de la volupté et

survivent à l'extase de la jouissance....

Onelly était plus tranquille que
sa compagne; auprès d'elle dormait
son père, qui la préservait des attaques de la témérité : aussi ne refu-
sait-elle point à son cher Adolphe
ces marques de tendresse qui ont le
plus grand prix quand on ne les prodigue pas, et que l'homme compte
pour rien toutes les fois qu'il les
obtient sans les mériter.... Elle n'avait
jamais montré une gaieté aussi fo-
lâtre, ni un abandon aussi volon-
taire. Hémandel ne pouvait concevoir l'excès de son bonheur; il con-
templait Onelly avec ravissement,
et frémissait à chaque mouvement
du vieux lord, dans la crainte qu'il
ne s'éveillât.

Ces amans fortunés placèrent cette
journée au nombre de celles dont le

souvenir flattait davantage leur imagination ; sans doute parce qu'ils
l'avaient passée dans la paix de l'ame,
et que le complément du plaisir est le
témoignage d'une bonne conscience.

CHAPITRE LXVI.

Géréon emploie l'assassin d'Ursule pour s'assurer de Victorine.

Désespéré de ne pouvoir plus entretenir sans témoin l'amante de Valentin, et sentant chaque jour s'accroître la passion que ses charmes, sa candeur, ses pleurs, ses confidences lui ont fait concevoir, Géréon se détermine à recourir, soit aux stratagêmes de la ruse, soit aux artifices de la séduction, soit aux témérités de la violence, pour affliger une famille honnête, et goûter des plaisirs qui ne sont délicieux que quand l'amour les donne sous les auspices de la vertu.

Le moine éveille dans l'ame ardente du dragon le sentiment de la
jalousie; il l'irrite contre les parens de
Victorine, en les accusant d'exercer
envers elle la plus révoltante tyrannie, et alarme sa tendresse en repro-
chant à sa bien-aimée de recevoir
sans murmure les visites fréquentes
du jeune Dolondal, de Mérindol (73).
Valentin, lui dit-il, ne perdez point
de temps, ou cet hérétique obtiendra
la main de votre amante. Pour se soustraire aux sévérités d'un père qui vous
déteste, elle épousera le rival que
vous abhorrez.

— Monsieur, veuillez éclairer de
vos conseils un infortuné qui n'a que
vous pour appui.

— La charité chrétienne m'en impose l'obligation, mon saint ministère me le commande; mais n'est-ce
pas les compromettre que de les

employer au soulagement d'un misérable qui a toujours été de glace pour
les intérêts de la foi, et dont le courage ne s'est déployé que pour exercer une vengeance lâche et cruelle?...

— N'accablez pas, mon père, un
cœur déchiré par les remords, égaré
p.·r l'amour....; j'expierai mes fautes
dans le sang de l'impie....; j'en perdrai
l'odieux souvenir dans les bras de
Victorine....

— Je crois à la sincérité de vos regrets; mais je crains l'empire que vous
accordez à vos sens.... N'oubliez pas,
Valentin, qu'ils sont les ennemis de
l'ame, les auxiliaires de Satan, et que
l'amour est un crime toutes les fois
qu'il n'a point la sanction du ciel....

— Que dites-vous? mon père; les
ténèbres m'environnent, mon imagination m'effraie, vous me faites fris-
sonner.... Ah! daignez me conduire
dans la voie du salut.

— Je ne vous vois désirer que la félicité attachée à la possession de la femme incomparable qui vous captive ; mais je ne vous entends point parler de sa conversion.... ; qu'elle soit à vous !... voilà votre unique affaire...; qu'elle demeure réprouvée de Dieu !... ce n'est pas-là ce qui vous inquiète... Qu'avez-vous à répondre ?

— Pardonnez à ma raison troublée....; je ne suis point un pécheur endurci.... ; je m'abandonne entièrement à vous,... C'est purifiée par votre instruction...., c'est de vos mains que je veux recevoir ma chère Victorine...

— A ces conditions, Valentin, ma conscience me permet de favoriser l'enlèvement de votre amante à la puissance qui gêne ses inclinations, lui rend la vie insupportable, médite de la livrer à votre rival, et l'expose à la damnation éternelle.

—Mon père! j'embrasse vos genoux... Par quels moyens pourrai-je
assurer le succès d'une entreprise aussi
généreuse?

— Ecrivez à votre bien-aimée,
peignez-lui l'état d'oppression dans
lequel on la tient, la défiance dont
elle est l'objet, la contrainte que l'on
doit employer pour la soumettre à
un époux dont elle n'aura pas le
choix...; passez ensuite aux tourmens
que vous endurez loin d'elle, ne
déguisez pas le désespoir qui vous
anime, mettez un prix à la conser-
vation d'une vie devenue insupportable à tous deux par les mauvais
traitemens qu'elle endure à votre oc-
casion, pressez-la de s'évader de sa
prison, vers minuit, le second jour
de la réception de votre lettre; con-
jurez-la de se confier à la personne
qu'elle trouvera à sa porte, et qui

devra la conduire sous les arcades de
la paroisse ; ajoutez qu'il vous est
impossible de l'entretenir ailleurs, et
d'une manière plus favorable à ses
intérêts et à la sureté de votre existence ; faites-lui entendre qu'un refus
de sa part vous porterait à des extrê-
mités.... Vous en resterez là.... ; il est
bon de laisser travailler l'imagination
d'une femme tendre.... Mes conseils
suivis , vous me remettez votre lettre,
je la lui fais donner au premier moment opportun. Votre proposition est
acceptée, vous arrachez Victorine à
la contagion des exemples vénéneux,
son ame n'appartient plus à l'hérésie,
et je bénis votre union.... ; je vous si-
gnale comme l'instrument dont Dieu
s'est servi pour la conversion d'une
infidèle qui pervertissait les cœurs par
la séduction de ses charmes , j'obtiens
des *lettres de grâce*, et vous rentrez

dans la société, qui ne voit plus en vous que l'époux de la plus jolie femme de Cavaillon, qu'un sujet dont le roi a effacé le crime, qu'un chrétien qui a ramené dans le bercail une brebis long-temps perdue.

Adieu, mon ami ; occupez-vous : je ne me coucherai point avant d'avoir vu votre lettre, et je ne prendrai aucun repos que je n'aie trouvé un moyen de la faire parvenir à son adresse.

CHAPITRE LXVII.

Éléonore vaincue par l'amour. — Ses regrets. — Georges les appaise.

GEORGES, brûlant d'amour pour la sémillante Eléonore, saisissait toutes les occasions de se trouver seul avec elle. Mademoiselle Bertin avait conçu un attachement si tendre pour Gloritz, que tout l'importunait quand elle ne jouissait pas du plaisir de le voir. Ces amans se cherchaient sans cesse. Eléonore craignait de ne pas aimer assez, parce que le lord l'accusait toujours de réserve, de défiance, d'indifférence....

Un jour, il la surprit à sa toilette, dans le plus grand négligé ; elle n'avait pas même eu le temps d'élever entre

son amant et la gorge la mieux des-
sinée, la plus enchanteresse, une de
ces barrières de gaze qui indiquent et
défendent les trésors de la beauté.
Gloritz caressa tant de charmes avec
ces transports enivrans qui ne per-
mettent à l'innocence attaquée par
un amant chéri qu'une opposition
incapable d'arrêter long-tems l'impé-
tuosité d'une aggression passionnée...
Eléonore pleura sa défaite, Georges
la consola ; elle lui fit encore des reproches, il obtint son pardon en
commettant de nouveaux larcins....
Elle ne se plaignit plus et partagea
son ardeur....

Mademoiselle Bertin était heureuse
par sa confiance dans la probité du
lord, et celui-ci éprouvait les plus
vives sensations dans les bras amoureux de sa maîtresse....

Au bout de quelque temps, ayant
perdu sa timidité virginale, elle lui

parla du noble orgueil avec lequel elle recevrait le titre d'épouse. Il lui répondit, en l'embrassant, que leur félicité aurait bien plus de durée si elle se glorifiait avec joie d'être toujours son amante.... La correspondance d'Héloïse et d'Abeilard éclaira sa raison, tranquillisa son esprit, et les principes de Gloritz sur l'union conjugale achevèrent de la convaincre que le bonheur se fortifie dans l'indépendance, et que les dieux ont donné à l'amour les traits, la délicatesse, la débilité de l'enfance, pour prévenir les humains qu'il faut le fixer avec des guirlandes de fleurs, et jamais le charger de chaînes, dans la crainte qu'il ne se blesse mortellement en s'efforçant de les rompre...

Divine Eléonore, lui répétait-il souvent, que le précepteur de la femme la plus accomplie, que celui qui, malgré une affreuse mutilation,

sut entretenir dans l'ame mobile d'une
mortelle ce feu sacré qui n'avait jamais survécu, avant lui, à l'espoir
de la jouissance, soit notre maître
dans l'art d'aimer!... Que les motifs
de la conduite atroce de Fulbert nous
apprennent également si, pour éterniser la tendresse de deux cœurs unis
par l'amour, il convient mieux de les
soumettre à un esclavage réciproque
que de les faire jouir d'une liberté
mutuelle....

Ecoute-moi, douce amie : « Le
chanoine, fortement épris des charmes
de sa nièce, conçoit la plus violente
jalousie contre l'homme de lettres qui
a orné l'esprit et touché le cœur d'Héloïse. Sa fureur passionnée veut exi-
ger qu'ils se séparent pour toujours ;
mais la réflexion lui apprend bientôt
que le véritable amour se nourrit de
privations, et l'expérience acquise
dans la société, le convainc de la

nécessité de transformer en devoirs
les plaisirs qui forment leur union :
sachant bien qu'il parviendra plutôt
à corrompre l'épouse qu'à séduire
l'amante d'Abeilard.... Il leur propose
en conséquence de s'imposer les lois
de l'hymen ; mais son rival préfère
les délices de l'amour aux droits du
mariage, et le prêtre, furieux de ne
pouvoir arriver à son but, lui fait
arracher ce qui procure celles-là et
rend ceux-ci moins odieux.... »

Gloritz ouvrait la bouche, sans
doute dans l'intention de paraphraser
ce qu'il venait de dire.... Eléonore la
lui ferma avec ses lèvres de rose, et
cette fois du moins, les trépidations
de la volupté annoncèrent le triomphe
de la raison.

Fin du troisième volume.

www.ingramcontent.com/pod-product-compliance
Lightning Source LLC
Chambersburg PA
CBHW070901030726
47504CB00005B/1422